LE COMTE

DE VILLAMAYOR,

OU

L'ESPAGNE

SOUS CHARLES-QUATRE.

Par M. Mortonval.

TOME I.

PARIS.

AMBROISE DUPONT ET RORET, QUAI DES AUGUSTINS, N° 37;
UENRI JEANNIN RUE VIVIENNE, N° 8;
ROUSSEAU, RUE DE RICHELIEU, N° 107.

1825.

LE COMTE

DE VILLAMAYOR.

IMPRIMERIE DE H. FOURNIER,

RUE DE SEINE, N° 12.

LE COMTE
DE VILLAMAYOR,

OU

L'ESPAGNE

Sous Charles = Quatre.

Par M. Mortonval.

TOME I.

Guarde para su regalo
Esta sentencia un autor:
Si el sabio no aprueba, malo;
Si el necio aplaude, peor.

PARIS.

A. DUPONT ET RORET, LIBRAIRES,
QUAI DES AUGUSTINS, Nº 37.

1825.

LE COMTE
DE VILLAMAYOR.

CHAPITRE I.

> Son char de feu brûle autant qu'il éclaire,
> Et ses rayons, en faisceaux réunis,
> D'un pôle à l'autre embrasent l'hémisphère.
> Heureux alors, heureux le voyageur
> Qui sur sa route aperçoit un ombrage
> Où le zéphyr, soupirant sa fraicheur,
> Fait tressaillir le mobile feuillage.
>
> PARNY.

Vers la fin du mois d'août 1792, un jeune Espagnol de fort bonne mine, après avoir dîné à la Fonda San Rafaël au pied de la montagne du Guadarrama, continua sa route vers Ségovie. Il cheminait dans un de ces cabriolets de place tels qu'on en voit à Madrid stationnés à l'entrée de la rue d'Alcala, près la *Puerta del sol.* La caisse étroite de cette petite voiture, tout à fait ouverte par devant, reposait

sur deux soupentes sans ressorts ; surmontée d'un soufflet très-élevé , à angle,
droit , elle n'offrait que peu d'abri contre les rayons ardens du soleil. L'arrière
train qui se prolongeait outre mesure
présentait une sorte de large plancher.
Là plusieurs valises étaient entassées et
fortement liées avec des courroies ; dans
le nombre on en distinguait une énorme
qui contenait deux matelas et tout l'atti-
rail du lit. Au-dessous, dans un filet de
sparterie, on voyait deux paniers chargés
d'ustensiles de cuisine et de provisions de
bouche , sans oublier une outre de peau
de bouc, enduite de goudron et remplie
de vin de la Manche.

Le jeune homme en veste ronde de
camelot noir et le col nud , était coiffé à
la manière des élégans de Madrid à cette
époque : les cheveux poudrés , coupés
en vergettes sur le front, crêpés sans
boucles sur les faces , et par derrière
noués en queue épaisse. Fumant silen-
cieusement, il tenait d'une main un ci-

garre de la Havane, reposait l'autre sur
son manteau placé auprès de lui, et paraissait beaucoup plus occupé de ses pensées que de la contemplation du triste
paysage qu'il avait sous les yeux.

La voiture s'avançait lentement au pas
d'une mule vigoureuse, dont la tête était
surmontée d'un énorme plumet rouge,
et chargée de sonnettes retentissantes
qu'elle agitait avec orgueil. Pedro vieux
Andaloux à la taille svelte et élevée, au
teint bronzé, aux cheveux noirs tressés
haut derrière la tête, marchait à côté de
la mule et l'encourageait par de petits
mots pleins d'affection. Il portait un chapeau de forme basse et arrondie, à larges
bords, et orné d'un ruban noir dont les
bouts tombaient sur son épaule gauche ;
à sa veste de drap, brune et fort courte
étaient attachées avec des lacets rouges,
des manches dont les revers étaient cou-
verts de petits boutons dorés, pendant en
forme de grelots, et également prodigués
à l'ouverture de ses jarretières. On en

voyait aussi deux rangées à son gilet ; des
ficelles enlacées en cothurne sur ses jambes longues et maigres , assujettissaient
ses espadrilles ; enfin une cravatte bleue
nouée négligemment et une large ceinture de laine rouge complétaient son
ajustement. Pedro, accablé comme sa
mule par la chaleur étouffante de cette
soirée, s'assit d'un saut sur le brancard ,
au-dessous du voyageur ; le marche-pied
lui servant de point d'appui. Après avoir
tiré de sa poche une boite contenant de
petites feuilles de papier non collé , il
en choisit une dont il tint le bout un
moment placé entre ses lèvres , tandis
qu'il refermait sa boîte , et prenait dans
la poche où il la replaçait une carotte de
tabac de la grosseur du doigt , et un couteau à manche de corne ; il rogna ensuite
quelque peu de ce tabac et le coupa en
petits morceaux. Cette seconde opération
terminée le muletier remit en poche carotte et couteau, et roula le tabac dans la
feuille de papier dont il déchira une bande

étroite pour en former comme un manche à cette espèce de cigarre. Alors il leva
les yeux sur le jeune homme, qui com-
prenant ce regard, aspira fortement
pour mieux embraser son tabac, l'offrit
à Pedro qui en alluma son papier et le
lui rendit sans que de part et d'autre une
seule parole eut été échangée; puis tous
deux se mirent à fumer à l'envi.

Après quelques momens la mule ralen-
tit le pas : « Capitana, Capitana, » lui dit
Pedro en l'appellant par son nom du ton
d'un reproche amical. La mule secoua
fortement la tête et agita deux fois ses
sonnettes. « Allons, allons, » continua le
conducteur sur le même ton. Il s'interrompit pour aspirer une forte gorgée de
fumée, et la laissant échapper peu à
peu avec la parole, il continua en ces
termes son exhortation à Capitana :
« Anime-toi, mule, pense à cette orge
abondante et dorée que Juanito va verser dans ton auge au *parador* de Sego-
vie; pense à cette bonne petite Tomassa

qui te caresse toujours à ton arrivée. Anime toi bonne mule. Eh que dirons nous de cette paille hachée, de cette bonne paille de Castille plus substantielle que la chataigne des Asturies ? Allons ; un peu de chaleur sur le revers de ces montagnes , ordinairement si fraîches, doit-il rebuter une vaillante mule qui vient de traverser plus légère qu'une hirondelle, l'Andalousie tout entière. » Capitana, peu touchée de ces paroles encourageantes s'arrêta tout-à-coup élevant la tête , et jetant les oreilles en avant, en signe d'inquiétude. Pedro s'élança de son poste , saisit la bride du mords, la força de reprendre son pas et continua de marcher auprès d'elle. «Maudite sois tu, lui dit-il avec un accent fortement irrité; maudite sois tu et la mère qui t'a engendrée ! prends y garde , Capitana, je t'ôterai ton plumet, la belle mine que tu feras en entrant sans plumet à Ségovie ! »

La mule fit un nouveau mouvement

de tête; « Ah! tu t'en moques, reprit Pedro très choqué, veux-tu parier que je te l'ôte tout à l'heure et tes sonnettes aussi? qu'est-ce qui t'épouvante, bête indocile et quinteuse? Ces maisons? c'est le village d'Otero de Herreros; que t'importe? Nous le laisons à gauche; suis ton chemin. »

La mule hésita encore; « Bon bon, dit Pedro, je le vois, tu es effrayée de ces chevaux qui viennent à nous au grand galop! la belle rareté pour tant se troubler. Eh bien! ce sont probablement deux courriers qui vont à Madrid. La cour n'est-elle pas à la *Granja de san Ildefonso* que tu vas apercevoir tout à l'heure au détour de cette colline.... mais non ils n'ont pas l'air de courriers, ce sont plutôt de jeunes gentils-hommes qui exercent leurs chevaux.... des chevaux andaloux, par la vierge du Pilar! Jésus, les nobles animaux! on dirait qu'il volent..... les voilà déjà sur nous. »

La mule, au mépris des explications

de Pedro, s'agitait de plus en plus, et ne pouvant pas maitriser son épouvante, au moment où les chevaux semblaient en effet prêts à fondre sur elle, d'un mouvement rapide elle se jetta de côté, et barra brusquement le milieu de la route. Les chevaux, effrayés à leur tour, se cabrèrent tous les deux. Tandis que Pedro s'efforçait de redresser la capricieuse Capitana, l'un des cavaliers, qui de son côté travaillait à maitriser sa monture, reçut une forte saccade qui l'ébranla sur la selle et fit tomber son chapeau. Le voyageur du cabriolet qui avait mis pied à terre s'avança vers le cavalier en lui témoignant avec politesse qu'il blâmait l'incartade de Capitana, et lui remit en même temps le chapeau qu'il venait de ramasser. A peine leurs regards se furent-ils rencontrés, que tous deux à la fois poussèrent un cri d'étonnement. Ils se tendirent la main. Le cavalier sauta legèrement à bas de son cheval, et le donnant à garder à son domestique, il courut avec empressement vers l'homme du cabriolet. Les deux amis se serrèrent dans les bras l'un de l'autre en évitant la rencontre des visages, et se frappèrent cordialement, à l'Espagnole, de petit coups pleins de cordialité sur l'omoplate.

« —Fernando! s'écria le voyageur, ou vas-tu donc de ce train-là? Je comptais te trouver à Ségovie. »

« —Perez, répondit l'autre, que je suis content de te voir! Je ne quitte pas Ségovie, ajouta-t-il d'un air embarrassé, j'allais... je te dirai... mais toi, par quel hasard dans notre vieille Castille? je te croyais à Séville.» —« J'en viens en effet répliqua Perez, il y a bien des nouveautés; j'ai mille choses à te conter... mais cherchons un peu d'ombre, car le soleil nous dévore. »

« — Oui, sans doute, il faut que je te parle, interrompit Fernando; tu ne pouvais venir plus à propos pour moi; Ecoute, suis le chemin et arrête-toi au détour de la route au bas de la côte , à un quart de lieue environ. Là le pont forme un abri où tu pourras respirer le frais; attends-moi dans cet endroit , je t'en supplie ; j'y arriverai quelques minutes après toi. »

En même temps il s'élança sur son cheval ; mais avant de partir il dit en élevant la voix : « Si je tardais quelque peu davantage attends-moi toujours, j'ai le plus grand intérêt à t'entretenir tout à l'heure. » Et sans attendre la réponse il partit comme un trait. Son domestique le suivit avec la même rapidité. Bientôt tous deux disparurent derrière un des angles de cette route sinueuse , dessinée au pied de la chaîne de montagnes qui lie le Guadarrama au Sommo-Sierra , et forme la barrière des deux Castilles. Cependant Capitana , remise de son trouble , reprit son pas tranquille et conduisit sans autre événement Perez et Pedro jusqu'au lieu désigné.

Ils y trouvèrent un pont large et soli-

dement construit comme tous ceux qui
décorent le *chemin royal* en Espagne,
depuis le ministère du comte Florida
Blanca. Celui-là n'avait qu'une seule arche, jetée sur un ravin d'une profon-
deur médiocre et par où les eaux des
montagnes qui s'élèvent au sud du chemin trouvent un passage facile dans les
temps d'orage. Ce torrent, dont le lit était
alors complètement à sec, et semé de
roches aiguës, présentait en effet quelques touffes de verdure protégées par la
voûte du pont. Perez s'y établit commodément ; et fort occupé de la confidence
que son ami venait de lui promettre, il
regardait avec distraction le tableau sans
vie qui se développait autour de lui. Le
midi présentait plusieurs plans de montagnes couvertes d'une herbe rare et
jaunâtre, et ombragées de pins et de
chênes-verts, grêles et clairsemés. Au
nord, à travers l'arche du pont qui for-
mait le cadre d'un paysage décoloré, Perez apercevait, à l'extrémité d'une longue

plaine toute nue, les nombreux clochers de Ségovie, que surmontait celui de la cathédrale. A la moitié de cette distance, à une lieue environ, il découvrait sur la gauche le grand château de Rio-Frio dont la masse et l'élégance sont remarquables, et que la reine Isabelle, femme de Philippe V, fit bâtir dans cette plaine aride à l'imitation du palais de Madrid. On ne voit aux environs ni jardins, ni habitations ; on ne découvre pas les chemins qui y conduisent ; on dirait un palais de fées au milieu d'un désert. Partout de ce côté l'œil se perd dans des plaines immenses sans villages et sans arbres.

De dessus le pont, Pedro découvrait au levant dans la direction de la route, et faisait remarquer à Capitana des arbres plus touffus et plus robustes, sur une montagne en amphithéâtre au pied de laquelle est située la maison royale de St.-Ildefonse. Les jardins de ce palais bâti par Philippe V sont assez médiocres mais ses eaux, bien plus magnifiques que

celles de Versailles, n'ont pas la célébrité
qu'elles méritent. De ce point jusqu'à
Ségovie, quelques bouquets d'arbres et
une verdure assez brillante indiquent la
route des ruisseaux qui descendent des
montagnes vers la ville. Chemin faisant,
ils alimentent plusieurs lavoirs où se préparent les laines renommées de ces cantons ; ils se jettent ensuite dans la petite
rivière d'Atayada, dont le cours ser-
pente dans une vallée fraîche et profonde
sous.les murs de Ségovie.

Vingt minutes n'étaient pas écoulées
depuis le départ de Fernando, quand le
frémissement de Capitana et l'agitation
de ses sonnettes avertit Pedro de l'approche des cavaliers, qui parurent bientôt en effet comme un point sur la route :
un moment après ils étaient arrivés au
pont. Fernando se précipita plutôt qu'il
ne descendit sous l'arche auprès de Perez. Pâle et violemment agité, il s'éten-
dit sur la terre à côté de lui ; et la frappant de son front, il mordait l'herbe avec

rage. Perez s'empressa de le soulever, en le conjurant de lui expliquer la cause d'un désespoir aussi emporté.

« Non, non, lui dit Fernando, va-t-en, laisse-moi mourir ici ; va, dis à mon père que c'est lui qui cause ma mort. Ah! j'espère qu'il ne tardera pas à jouir de cette satisfaction...... Elle va quitter le pays, elle va partir, je n'en puis plus douter, je viens de voir les apprêts de ce fatal départ, et je n'ai pas pu lui parler... peut-être cette nuit même... et moi ce soir... Suis-je assez malheureux! ne te reverrai-je plus? sommes-nous séparés pour la vie? Quoi! jamais, jamais!...» Peu à peu la fureur avait fait place à l'attendrissement, et ces derniers mots provoquèrent un déluge de larmes. Alors, il se livra tout entier à sa douleur, que l'abondance des pleurs parvint bientôt à calmer. Perez l'observait avec plus de curiosité que d'intérêt ; il semblait chercher le côté utile de cet événement singulier.

« Voyons, dit-il, expliquons-nous en

hommes et cessons cet enfantillage. Il
ne faut pleurer que les maux sans re-
mède ; or, puisqu'il y a de l'amour dans
cette affaire-ci, c'est bien le diable si je
n'en viens pas à bout avec l'aide de Dieu
et de la vierge del Carmen. »

« — Non, non, répondit Fernando
d'une voix languissante, elle va partir
cette nuit, et dans deux heures le roi
doit être à Ségovie pour nous passer en
revue. Mon père donne ensuite un bal
où les dames de la reine ont promis de
venir ; il faut que je reste pour faire les
honneurs de cette triste fête.... Je suis
perdu, je ne la reverrai plus. »

« — Ah ! çà, procédons par ordre, reprit Perez, elle, elle.... qui est cette
elle ? — La plus belle, la plus aimable
créature ! — Son nom ? — Elena. — Rien
de plus ? — Elena de Aguilar. — C'est
quelque chose. Est-elle de Ségovie ?
— Non, elle habite ce village que nous
apercevions du lieu où nous nous sommes
rencontrés. — Quoi ! Otero de Herre-

ros ! c'est donc une paysanne , il n'y a
pas là une seule maison habitable. —Elle
est très-pauvre en effet mais je la crois bien
née. —Aye ! aye ! Très-pauvre , dis - tu ?
voilà le nœud de l'affaire, s'il est question
de mariage. Quelque bonne que soit la
maison d'Elena de Aguilar , je conçois
les obstacles que le comte de Mansilla
doit opposer à une telle alliance avec
son fils unique. — Perez , il faut pourtant que je l'épouse ou que je meure.
— Quant à ce dernier parti , nous
aurons toujours le temps d'y recourir ;
il me semble que le plus pressé est d'empêcher ce départ qui te désole , ou du
moins de s'assurer du lieu de la retraite
d'Elena. Tu parles de préparatifs que tu
as vus comment doit-elle voyager ? avec
qui ?—Je viens de voir à sa porte un chariot couvert dans lequel on dispose un
lit pour sa mère qui est fort malade. —Il
n'y a pas d'hommes avec elles ? — Non ,
elles sont seules , une vieille domestique
doit les suivre. — Si la mère est malade,

dit Perez après un peu de réflexion, dans l'équipage dont tu parles, elles n'iront pas vîte et l'on peut les suivre. J'ai avec moi mon andaloux dont tu connais la finesse. Mais non, il est bien plus simple de les empêcher de partir. — Comment, s'écria Fernando, tu pourrais !.... quelle est ton idée ? mon ami, mon cher Perez, que ne te devrais-je pas ? — Où demeure Elena ? demanda Perez d'un air pensif. — Derrière l'église, dans une petite maison isolée, la mère se nomme dona Isabel. »

Perez continua quelques momens à réfléchir, puis se parlant à lui-même de l'air du doute : « oui, dit-il, ce moyen est fort bon, mais il nous faudrait beaucoup d'or, et..... »

« — L'or ne nous manquera pas, interrompit le jeune homme transporté de joie. Tiens, ajouta-t-il, en lui mettant entre les mains une bourse assez pesante. voilà déjà pour commencer, prends, prends, tu me rends l'espérance et la vie. Le temps me presse, il faut que je sois à

1.

Ségovie dans une demi-heure, je ne te demande pas ce que tu veux faire, je connais tes talens et ton esprit. C'est le ciel qui t'a envoyé vers moi. Perez, c'est le sort de toute ma vie que je te confie. Oh ! que je la voie encore, qu'elle ne parte pas, c'est tout ce que je demande aujourd'hui. »

« — C'est bon, tu peux retourner à Ségovie, répondit froidement Perez en mettant l'or dans sa poche ; quand je me charge d'une affaire, tu sais qu'on peut être tranquille sur le succès. Je ne vois que ton chagrin, je ne consulte que mon amitié, mais Dieu sait les conséquences que tout ceci peut avoir pour moi. »

« — Perez, ne me connais-tu pas ? ah ! sois assuré que je perdrais plutôt la vie que de souffrir qu'aucun danger..... »

« — Nous parlerons de cela, vas, tu auras de mes nouvelles avant la fin de ton bal. »

« — Ne parais pas à la maison, dit Fernando vivement ; les préventions de mon père contre toi sont loin d'être dissipées. Il est fort important qu'il ne te voie pas. Fais-moi seulement dire par Pedro que tout a réussi ; je m'échapperai facilement un instant pour aller te voir au parador. »

A ces mots , plus léger qu'un jeune daim , il remonta en bondissant sur la route , et sauta sur son cheval dont il pressa les flancs , en même temps qu'il lui rendait la main et l'animait de la voix. L'andaloux bouillant d'ardeur partit au grand galop, et le fidèle Paco , aussi bien monté que son maître , s'élança sur ses traces. Après quelques momens, quittant la direction du chemin de Saint - Ildefonse , ils tournèrent brusquement à gauche vers le nord et suivirent la route de Ségovie, enveloppés d'un nuage de poussière qui les déroba bientôt aux regards de Perez.

CHAPITRE II.

O mon habit, que je vous remercie !
Je me connais, et plus je m'apprécie,
Plus j'entrevois que mon tailleur,
Par une secrète magie,
A caché dans vos plis un talisman vainqueur
Capable de gagner et l'esprit et le cœur.
                                        SÉDAINE.

Perez resta quelque temps sous le pont
tout entier à ses réflexions, puis il remonta lentement sur la route. « Eh bien,
lui dit Pedro, d'un air froid et observa-
teur, il y a du nouveau ? Oui, répondit
Perez, en lui offrant un doublon, j'aurai
besoin de ton intelligence. »

« — Allons doucement, répliqua le voiturier sans prendre la pièce : que votre
grâce se souvienne du corrégidor de Séville, et n'allons pas encore nous embar-
quer ici dans quelques mauvaises affaires.
Les renseignemens que vient de me donner Paco n'ont rien d'encourageant. Pour

moi, je n'ai d'autre bien que ma mule et
mon cabriolet, et les seigneurs corrégi-
dors se font peu de scrupules de seques-
trer ce genre de propriétés.—En tout cas,
objecta Perez, nous n'avons ici rien à
craindre de ce côté : celui de Ségovie
n'est il pas l'intime ami de Fernando ,
dont il doit épouser la sœur ?

« — S'il est l'ami du fils, reprit Pedro,
il est tout dévoué au père; et ce n'est pas
à moi de vous apprendre ce que vous savez de reste , et par expérience , que le
comte de Mansilla , est le plus fier et le
plus brutal des Castillans , sans compter
qu'il a de puissantes protections à la cour.
— Tu as raison, dit Perez en prenant
une quadruple dans la bourse de Fernando , l'affaire peut être grave ; mais à
côté des risques elle offre de grands avantages , et tous ceux qui s'en mêlent doivent y participer. Tiens , cette once d'or
n'est qu'une avance sur la part des pro-
fits qui te reviendront si nous réussis-
sons ; dans tous les cas, je te garantis

contre les pertes. Écoute, je puis maintenant le confier que nous avons encore d'autres affaires où je compte aussi t'intéresser, ... mais de manière à te satisfaire.... »

En appuyant sur ces derniers mots, Perez regardait à son tour Pedro fort attentivement, mais il ne put rien démêler sur sa figure immobile. Le voiturier accepta la pièce d'or sans remercier, et témoigna par son attitude soumise qu'il était prêt à recevoir ses instructions. Perez, après les lui avoir données, se chargea de surveiller un moment la capricieuse Capitana, tandis que Pedro détachait de derrière la voiture une valise qu'il descendit sous le pont. Il en tira un habit de drap couleur de noisette à boutons d'or et enrichi d'une légère broderie, des culottes de satin noir et des bas de soie blancs, des souliers à boucles très-brillantes, enfin un col à petits plis et un gilet de bazin rayé brodé de franges de fil. Perez, averti que tout était disposé

pour sa toilette, descendit à son tour,
et après avoir rajusté sa coëffure à l'aide
d'un petit miroir de poche il s'habilla
complètement. Tout fut bientôt replacé
par Pedro, et Perez brillant de parure
s'assit commodément dans le cabriolet
où il trouva rangé près de lui sur la ban-
quette son manteau proprement brossé
surmonté d'un chapeau à trois cornes,
que Pedro venait de tirer de l'étui. Ces
préparatifs achevés, Capitana fit un demi-
tour par le conseil de son conducteur,
et revenant sur ses pas conduisit les deux
voyageurs à Otero de Herreros, où elle
s'arrêta devant la porte de l'alcade.

Ils étaient à peine entrés dans le village que la foule des petits enfans dégue-
nillés se mit à courir en criant devant la
voiture, les pauvres de leur côté bour-
donnaient à l'entour et tendaient la main
en invoquant toutes les vierges de la péninsule. Ce cortège bruyant eut bientôt
donné l'éveil à toute la population. Il ne
faut pas se figurer pourtant qu'on se mit

aux fenêtres pour voir passer nos gens,
et cela par une raison fort simple, mais
qu'il est bon d'expliquer aux voyageurs
insoucians qui n'ont pas étudié les localités du village d'Otéro. Cette raison,
c'est qu'il n'y a point de fenêtres. Là,
comme dans la plupart des hameaux de
la vieille Castille, on ne voit qu'un amas
de cabanes sans ordre, presque toutes
couvertes en chaume, sans cour ni jardins, et si basses que la moindre inéga-
lité du terrain les fait disparaître à l'œil
du voyageur placé à peu de distance.
Pas un seul arbre, pas la moindre nuance
de verdure ne servent à les détacher du
fond jaunâtre sur lequel ces maison-
nettes paraissent comme plaquées. Rien
enfin n'annonce l'habitation de l'homme
industrieux et civilisé.

Les moins pauvres de ces sauvages ont à
leur chaumière une sorte de porte cochè-
re, qui ouvre sur une remise servant de
cour intérieure ou de vestibule. C'est là que,
le soir, on retire la charrue et les mules

pêle-mêle avec les poules et quelques
porcs ; la cuisine occupe ensuite le plus
grand espace de ce qui reste du local, c'est
une pièce toute nue, ordinairement éclai-
rée par le tuyau de la cheminée, sous
le large manteau de laquelle sont disposés
des bancs en pierre ou en bois. Quelques
pots de terre commune appelés *ollas*,
ou *pucheros*, et un petit nombre de
poêles de diverses dimensions, forment
toute la batterie de cuisine avec l'indispensable chocolatière. Une ou deux
chambres à coucher sont à la suite de la
cuisine, ou y trouve toujours des alcoves
larges et profondes qui contiennent plusieurs lits. Ces pièces ne reçoivent de
jour et un peu d'air que par de petites lu-
carnes grillées grandes comme la feuille
de papier qui sert de vitre ; tout l'ameu-
blement se compose d'un grand coffre,
de quelques chaises et d'une table infor-
me en bois de sapin. Les riches se per-
mettent des rideaux , toujours trop
étroits, de camelot rouge, aux alcoves, et

I.

ajoutent à ce luxe celui de deux ou trois
petits miroirs en forme de plaques avec
une bobèche pour recevoir une chan-
delle : recherche inutile dans ce pays où
trop souvent à défaut d'huile on s'é-
claire d'une petite branche de bois rési-
neux, qui ne donne qu'une clarté rou-
geâtre et douteuse. Partout des images
grossièrement coloriées de la Vierge ou
des saints sont clouées sur les murailles
blanchies, et une inscription indique l'é-
glise et la chapelle où l'artiste a trouvé le
modèle de ce *portrait* fidèle offert à la vé-
nération des chrétiens.

Cependant au milieu de ces huttes misérables s'élève toujours une église en-
pierres de taille, objet d'orgueil pour ces
bons paysans dont les héritages ont été
dévorés pour satisfaire à ce premier besoin de leur existence. La façade qui
surmonte de plusieurs toises l'édifice
est percée dans la partie supérieure de
quelques arcades à jour, où sont suspendues des cloches, sans préjudice de celles

que renferme une tour adhérenté. Il est
rare que l'intérieur de ces églises ne soit
pas richement décoré; et souvent deux ou
trois prêtres vivent commodément du re-
venu et des dîmes affectées à leur service,
dans les plus petits hameaux.

L'alcade d'Otéro, averti de l'arrivée
d'un étranger, s'était avancé sur le pas de
sa porte pour le recevoir. Couvert de son
manteau, malgré la chaleur, il en avait
dégagé l'épaule et le bras droit, et venait
de se draper de cette façon pittoresque
si familière aux Espagnols de toutes les
provinces en jetant le pan de cet ample
manteau sous son bras gauche. Aussitôt
qu'il aperçut la broderie du voyageur, il
ôta sa *montéra*, autre précaution contre
les fréquentes variations de la tempéra-
ture dans ce pays de montagnes. C'est
une sorte de bonnet phrygien, avec de
longues oreillettes, le tout en drap noir
bordé de velours et surmonté d'un nœud
de ruban de la même couleur.

Perez au contraire se couvrit en l'abordant. « Seigneur alcade, lui dit-il d'un ton de politesse supérieure, je vous baise les mains. »

Il avait présumé que ce magistrat subalterne était, comme dans tous les petits villages, un bon laboureur fort simple, un vrai paysan renforcé ; sa conjecture était fondée. Le costume dont il s'était revêtu à dessein prévint d'abord en sa faveur toute la famille, et ses grands airs imposèrent ensuite à ces bonnes gens le plus profond respect. Le voisinage de la cour fit naturellement naître dans leur esprit l'idée qu'il tenait au service de la maison royale, et ses premières paroles les y confirmèrent si bien que toute explication à cet égard leur eût semblé superflue.

— Que commande votre seigneurie à son serviteur, lui répondit l'alcade avec importance, et en cherchant à se mettre de niveau, du moins par les manières, avec l'homme de cour.

— Seigneur alcade, reprit Perez,

l'orge est prête à nous manquer, et j'ai voulu voir par moi - même, si , comme ils viennent tous me le dire, il est si difficile de s'en procurer une certaine quantité avec de l'argent comptant.

— Quels contes ils font à votre seigneurie ! s'écria l'alcade courroucé ; jamais l'orge n'a été si abondante que cette année. Je puis lui en livrer tout à l'heure cent fanègues de ma récolte , et je m'engage à lui en faire porter demain plus de mille à un prix raisonnable, au magasin des écuries de Sa Majesté.

—Eh ! bon Dieu, dit la femme sur le même ton, voilà comme les domestiques de la cour trompent les maîtres et leur font payer tout plus cher en nous le prenant à vil prix , sans oublier encore de se faire donner un bon pot-de-vin pour la préférence. Ah ! si tous les gentilshommes en agissaient seulement une fois comme votre seigneurie, nous serions tous bien plus heureux, et le roi, que Dieu garde, serait bien mieux servi.

— Que Dieu le garde mille années pour le bien de la chrétienté, dit Perez d'un air de remercîment pour le vœu de cette bonne femme, et en ôtant son chapeau ; il s'assit ensuite auprès de la table, et y appuyant nonchalamment un bras : voici, continua-t-il un règne bien glorieux pour notre Espagne, mes enfans, Sa Majesté ne néglige rien et nous donne à tous l'exemple de la vigilance ; je vous remercie, mes bons amis, de ces utiles renseignemens ; j'en parlerai dans l'occasion et je ne regrette pas la peine que j'ai prise.

—Mon mari a dit cent fanègues à votre seigneurie, reprit la femme, on peut bien en donner deux cents tout de suite.

— Ecoutez, dit Perez, il me suffit pour l'exemple d'avoir fait un marché moi-même, et de pouvoir dire : je l'ai fait là, et payé de mes propres mains tel prix, le pays en fournit en abondance, etc., etc. ; c'est assez pour contenir chacun dans le devoir. Je prends

donc d'abord les cent fanègues de la récolte du seigneur alcade, et je les veux
payer sur-le-champ en or.

En même temps Perez tira la bourse de
Fernando, et le prix réglé avec l'alcade
lui fut immédiatement compté : il ne
reste plus, reprit-il, qu'à transporter aujourd'hui même cette orge au *Parador* de
Ségovie. Vous comprenez qu'il ne s'agit
pas d'embarrasser la route d'une centaine
de bourriques, à la manière de ces cantons, dans une plaine où le roi chasse
actuellement; d'ailleurs je n'ai besoin
ce soir que de la moitié de cette quantité.
Ne pouvez-vous me procurer un charriot
décent...tenez comme celui que je viens
de voir à la porte d'une petite maison,
près de l'église?

— Seigneur, répondit l'alcade, nous
n'en avons point de pareils ici ; celui
dont vous parlez vient de la ville, et il
est destiné à transporter à Valladolid
une bonne dame malade.

— La bonne dame peut attendre, sei-

gneur alcade, répliqua vivement Perez ;
il est question d'un service que votre devoir est d'assurer avant tout. Ni vous ni
moi ne voulons mériter de reproches.
Des hommes dans notre position, et avec
notre responsabilité, ne se peuvent arrêter devant de si légères considérations.
Vous êtes magistrat, vous avez l'autorité
en main, chargez-vous de régler cette affaire avec la dame malade. Quant au voiturier, je lui donne le double du prix
convenu avec lui.

L'alcade ne vit dans cette remontrance
que ce qui le relevait à ses propres yeux
en l'associant aux devoirs d'un serviteur
du roi ; il partit pour remplir celui dont
on venait de l'aviser, bien résolu à ne
souffrir aucune résistance. Sa femme,
restée seule avec Perez, lui offrit le chocolat avec tant d'empressement, en l'assurant qu'il le prendrait aussi bon qu'au palais du roi, qu'il accepta cette politesse.
Tandis qu'elle le préparait, il s'informa de
la dame malade. Tout en lui répondant,

Antonia décrochait sa chocolatière de cuivre dans laquelle était le moulin qui n'en sort jamais ; elle y jeta une once de chocolat cassé seulement en deux ou trois morceaux, et mesura dans une petite tasse de faïence la quantité d'eau nécessaire, puis découvrant sous les cendres un peu de feu qu'elle anima de son souffle : ah ! dit-elle, en y plaçant sa chocolatière, c'est une excellente et respectable dame, mais pas un maravedis à la maison. Il y a une jeune fille aussi, belle et bien aimable ; toute la paroisse la chérit, mais la pauvre enfant sera bientôt orpheline.

—N'a-t-elle point de parens, demanda Perez en tirant un cigarre de son étui. Antonia sans s'interrompre mit un peu de braise sur un petit trépied de cuivre armé d'un manche de bois, elle alla le placer auprès de Perez sur la table, et il y alluma son cigarre tout en continuant la conversation. En Espagne, le service de la pipe se fait partout avec un empresse-

ment désintéressé ; c'est une espèce de devoir qu'on accomplit comme pour le soin
de sa conscience , on donne, on reçoit
sans attendre , ni faire de remercîmens.

— Non seigneur , répondit Antonia ,
on ne connaît point de parens à ces dames dans le pays ; et si ce n'est le fils du
comte de Mansilla qui vient les visiter
quelquefois depuis ce printemps , on n'a
jamais vu personne chez elles pendant
les cinq années qu'elles ont habité ce
village.

— Bon ! n'y a-t-il que cinq ans ?

— Pas davantage : elles venaient d'A-
mérique. Les médecins avaient déclaré
que la santé de la mère exigeait l'air
pur et frais de nos montagnes , et comme
les logemens sont chers à Ségovie et à
Saint-Ildefonse pour une pauvre veuve
qui n'a que sa modique pension , elle est
venue s'établir ici à bon marché. Mais il
semble que depuis quelque temps elle
dépérit de jour en jour. Elle est si chan-
gée qu'on ne la reconnaît plus. Pauvre

femme! on lui commande à présent un
air plus chaud et plus égal ; voilà pourquoi elle va partir.

— Elle a tort, dit Perez d'un ton d'importance , l'air le plus funeste à la santé ,
c'est celui de la misère et de l'abandon et
on trouve celui-là partout; c'est ici que
dona Isabel doit rester.

— Ah! vous savez son nom ?

— Je sais beaucoup de choses, segnora.
Entre vous et moi , le comte de Mansilla
n'est pas étranger à ce départ qu'on met
sur le compte de la maladie ; mais souve-
nez-vous de ce que je vous dis, c'est ici
que dona Isabel et la belle Elena doivent
rester. Leur sort va bientôt changer, et le
bonheur rendra plus vite la santé à cette
bonne dame que l'air de Valladolid.
Voyez-la, dites-lui qu'elle se console.

— Oui, seigneur , je la verrai tout à
l'heure.

— Bien ; ajoutez que vous avez eu
l'occasion de causer avec quelqu'un qui
sait tout..... qui s'intéresse beaucoup ,

mais beaucoup à elle ; et........ n'en dites
pas davantage.

— Certainement, seigneur, je lui ré-
péterai tout cela dans les mêmes termes. Mais le nom de votre seigneurie?
demanda Antonia en plaçant devant le
feu la petite tasse afin de la chauffer,
pendant qu'elle tournait rapidement entre ses doigts le moulin de la chocolatière.

— Bornez-vous, répondit Perez,
à dire que vous avez vu *quelqu'un* qui
reviendra dans peu, et que vous lui an-
noncerez-vous même, quelqu'un qui lui
donnera des nouvelles importantes ; dites surtout qu'elle doit absolument renon-
cer à se mettre en route avant d'avoir eu
avec lui une longue et bien importante
conférence.

Tandis qu'il parlait, Antonia lui servait son chocolat avec une petite rôtie
de pain plus blanc que la neige et placé
sur une serviette bien propre. Elle mit
ensuite sur la table un verre d'eau lim-

pide et fraîche, et lui offrit dans une autre assiette deux petits pains de sucre rosé
léger comme une éponge et se fondant à
mesure qu'on le plonge dans l'eau ; elle
répéta encore à Perez qu'elle allait faire
immédiatement son message. Celui-ci,
tout en savourant son chocolat qu'il
trouva réellement exquis, lui recommanda d'appuyer surtout sur la nécessité de ne point bouger du village jusqu'à de nouveaux avis. Pour aujourd'hui,
ajouta-t-il, vous savez que Sa Majesté
est à Ségovie, et je n'ai que le temps.....

— C'est juste, interrompit Antonia.

— Il est inutile, reprit Perez en
baissant la voix, de faire observer à une
personne aussi prudente et aussi spiri-
tuelle que vous que cette conversation
est absolument entre nous deux, et ne
doit être confiée qu'à dona Isabel ; du
reste le plus profond silence.

— Rapportez-vous en à moi, seigneur, répondit la sotte ; je vois bien à
qui j'ai affaire, et que votre seigneurie

en sait beaucoup plus qu'elle ne dit sur
tout cela.

Comme elle achevait, l'alcade de retour et rayonnant de joie lui apprit que
la dame malade venait d'éprouver un
accès si violent qu'elle était forcée de dif-
férer son voyage. En conséquence le
charriot était à sa disposition jusqu'à
nouvel ordre et sans difficulté. L'alcade
avait déjà fait commencer le chargement,
et tout allait être terminé dans peu d'instans. Sur cette assurance le seigneur
Perez prit congé de la famille avec le
même air de protection et d'importance
qu'il avait affecté en entrant. Il annonça
qu'il enverrait prendre une seconde
charge d'orge le lendemain, et remonta
gravement dans son cabriolet après avoir
distribué quelque menue monnaie aux
pauvres. Il fit alors un dernier salut de
la main à l'alcade et jeta un coup d'œil
d'intelligence à sa femme. Après quoi,
Capitana fraîche et reposée reprit gaie-
ment sa marche vers le *Parador* de Sé-

govie, terre promise que les paroles
dorées de Pedro ne cessaient de lui vanter
à haute voix comme le séjour des doux
loisirs, de l'abondance et des tendres
caresses.

CHAPITRE III.

Notre cerf relancé va passer à notre homme
Qui, croyant faire un trait de chasseur fort vanté,
D'un pistolet d'arçon qu'il avait apporté
Lui donne justement au milieu de la tête,
Et de fort loin me crie : Ah ! j'ai mis bas la bête !
A-t-on jamais parlé de pistolets, bon Dieu !
Pour courre un cerf !. . . .
MOLIÈRE. Les Fâcheux.

Un grand mouvement agitait ce soir-là cette vaste hôtellerie où régnait alors la belle segnora Léonor Diaz. La cour était pleine des carrosses venus de Saint-Ildefonse pour la fête du comte, et Capitana eut peine à retrouver sa place accoutumée dans l'immense écurie, remplie d'un double rang de mules. Léonor Diaz, bien éloignée de ces empressemens avilissans des aubergistes françaises, laissait à des subalternes le soin de recevoir les étrangers. Assise dans une salle basse ouverte à tous venans, elle s'enivrait des

hommages des cochers de bonne maison,
et des laquais à livrée, au milieu d'un
nuage de fumée de tabac. Un éventail à
la main, elle souriait à leurs plaisante-
teries, tandis que Tomassa, répondait à
tout le monde, en donnant sans s'interrompre de bonnes tapes aux muletiers
dont elle avait à réprimer les insolentes
familiarités.

Le cuisinier de son côté agitait ses cas-
seroles et surveillait sa broche ; car il ne
faut pas se figurer ces auberges de l'intérieur des villes, comme celles des grandes
routes qui ont une si déplorable célébrité sous le nom de *ventas*. Les paradors,
comme les *fondas*, ont du moins un
air européen ; ce ne sont plus comme de
tristes caravanserails de l'Asie où l'on ne
trouve qu'un abri ; ces maisons sont
passablement fournies de lits et de vivres.
Cependant la physionomie espagnole y
reste encore fortement empreinte : la
saleté des chambres, la pauvreté du mo-
bilier, la froide insouciance du maître,

2.

l'insolence des domestiques, surtout la qualité des mets, et la pureté des doctrines nationales des cuisiniers, tout concourt à défendre le voyageur d'un seul moment d'illusion; c'est toujours l'Espagne, et dans toute sa triste réalité.

Tomassa sur la demande réitérée de Perez le conduisit à une chambre du premier étage où elle posa sur la table une lampe à quatre becs, surmontée d'une longue branche qui soutenait une feuille de cuivre servant de garde-vue, et à laquelle était suspendue par une chaîne une petite paire de pinces pour gouverner les mêches; la servante demanda au voyageur s'il voulait souper, et, sur sa réponse affirmative, elle se retira après avoir reçu l'ordre de faire monter Pedro.

A quelques pas de là, l'hôtel du comte de Mansilla, magnifiquement illuminé au-dehors, retentissait au-dedans des accens de la plus vive gaieté. Des femmes charmantes dansaient au son de la musique du régiment de Tarragone, et une

jeunesse brillante s'empressait autour
d'elles. Le Comte, traversant lentement
toutes les salles, animait les danseurs et
recevait partout des complimens sur la
grâce que le roi venait de lui accorder;
en effet, une circonstance fort heureuse
avait servi ce jour-là même son ambition
et son excessive vanité.

Pendant le règne de Charles III, ce
prince si régulier, si ponctuel dans les
moindres actions de sa vie, venait chaque année établir sa cour à Saint-Ildefonse, séjour chéri de son père Philippe V et où reposent ses restes. Il y
arrivait la veille de la Saint-Jean et n'en
repartait que le premier d'octobre. Pendant ces trois mois il chassait pour ainsi
dire continuellement. C'était là le plaisir
favori, l'unique passion de cet homme
vertueux. Il faisait quelquefois deux
chasses par jour, et son fils, depuis le
roi Charles IV, l'accompagnait souvent.
Or, malgré le séjour des ambassadeurs,
des ministres, et l'apparition momenta-

née de quelques grands qui venaient de
Madrid au *baise-main* les jours de gala,
il n'y avait point de cour dans cette résidence, et l'unique société de la famille
royale s'y composait des seigneurs et des
dames attachés au service de leurs personnes. La reine Marie-Louise, alors
princesse des Asturies, presque toujours
seule pendant que les princes étaient à la
chasse, retirée dans son intérieur, sans
aucuns plaisirs, s'ennuyait mortellement
à Saint-Ildefonse, et témoignait sans
ménagement l'aversion que lui inspirait
ce séjour. Aussi dès 1789, époque où
Charles IV monta sur le trône, les voyages à ce château royal furent-ils aban-
donnés.

Cependant dès le commencement de
l'été de 1792, la chaleur excessive avait
fait sentir le besoin de chercher dans ce
séjour si frais et si délicieux un abri
contre les rigueurs de la canicule, et la
cour venait de s'y établir depuis une se-
maine.

Les chasses royales avaient donc été suspendues pendant trois ans dans tous ces cantons, sauf de légères apparitions du roi à Rio Frio pendant les voyages de l'Escurial. Cette longue paix avait tellement favorisé la multiplication des bêtes fauves dans les bois environnans, qu'on voyait les cerfs et les daims se promener familièrement par troupeaux jusqu'aux portes de Ségovie, dont ils dévastaient toute la plaine.

Sous Charles III, les chasses dans ces environs étaient très-meurtrières. Pendant plusieurs jours des paysans en grand nombre, répandus dans les bois, rabattaient le gibier dans la plaine. Les animaux entraient alors dans un vaste cercle formé par plusieurs bataillons et escadrons de la garde royale, disposés en cordon sur une ligne de plusieurs lieues. En se rapprochant, les soldats chassaient devant eux les cerfs et les daims vers un défilé où le roi et les Infans les abattaient par centaines à coups de fusil.

Cette fois, le roi Charles IV venait de commander une chasse semblable pour le lendemain, quand le comte de Colomera, inspecteur-général de l'artillerie, se présenta pour faire sa cour. Il venait supplier le roi de passer la revue des jeunes gentilshommes de l'école militaire d'artillerie sous sa direction; établie par Charles III au château de Ségovie.

Le jeune duc de la Alcudia, qui jouit depuis d'une si grande faveur sous le titre de prince de la Paix, était en ce moment avec la reine dans la chambre du roi. Il appuya la demande du comte, en ajoutant qu'on lui avait fait les rapports les plus favorables des progrès des élèves, et qu'il ne doutait pas que Leurs Majestés ne daignassent un jour aller les voir manœuvrer. Déjà les paroles du jeune duc avaient un grand poids aux yeux du couple royal, qui l'honorait de son intimité.

— Tu as raison, Manuel, lui dit le roi, et nous pourrons demain en avoir le plaisir après la chasse qui nous mènera jus-

que sous les murs de Ségovie. — Tant
mieux, répondit le duc, votre majesté
trouvera dans les acclamations des habitans de cette ville la plus douce récompense du nouveau bienfait qu'elle va ré-
pandre sur eux. — Quel bienfait ?

— Seigneur la chasse de demain
ranime l'espérance des cultivateurs et
réjouit tous les propriétaires des environs ; jamais on n'a souhaité d'aussi
bon cœur une heureuse chasse à Votre
Majesté. — Quoi donc, les animaux
sont-ils en plus grand nombre de ce
côté de la montagne, que sur le revers où nous avons chassé l'autre jour
aux environs de la Chartreuse de Paular ?
— Dix fois plus nombreux, Seigneur.
— Tant mieux, tant mieux. — Ce n'est
pas ce que disent les chanoines de la cathédrale. — En effet, on m'a rapporté
qu'ils s'étaient plaints de la récolte de
cette année. Ce sont de braves gens ; eh
bien ! nous leur rendrons le service de
leur tuer le plus possible de ces ani-

maux , et nous leur enverrons du gibier
par dessus le marché. — Seigneur , ré-
prit le duc, il y a peu de souverains au
monde dont les plaisirs soient comme
ceux de Votre Majesté, autant de bonnes
actions. Les chanoines ne seront pas les
seuls à lui rendre grâce de la destruction
d'une partie de ces bêtes dévorantes.
Elle peut juger elle-même de leur nombre prodigieux, en jetant un coup d'œil
sur la plaine , en ce moment où les paysans qui rabattent dans la forêt les ont
forcés d'abandonner la montagne. — En
effet , dit le roi en s'approchant du balcon , c'est une véritable armée. Eh bien !
Manuelito , tu tireras avec nous et nous
en purgerons le pays. — Ah seigneur ! répondit le duc, je ne doute pas que Votre
Majesté et Son Altesse Royale l'infant
don Antonio , son frère, ne fassent mer-
veilles , et je les seconderai de tout mon
courage : mais à nous trois nous n'en
pourrons abattre qu'une centaine tout au
plus ; pour soulager le pays et purger

ces cantons, il faudrait employer le canon.—Tu crois rire, reprit le roi (a), c'est
ce que nous avons fait en 1790, aux environs d'Aranjuez, j'en ai détruit deux
mille à mon premier séjour; je les faisais tirer à mitraille.... mais j'y pense,
comte de Colomera, tes jeunes gens
pourraient nous servir; Manuel, fais disposer cela; nous chasserons demain avec
leurs canons. — Excellente idée, seigneur, dit le duc. On pourrait placer
une batterie sur la butte de Los Huesos.
— Eh non, Manuel, ne vois-tu pas qu'il
faudrait l'entourer pour rabattre les animaux sur ce point, et qu'alors l'artillerie
ne pourrait jouer sans danger pour les
hommes? — Votre majesté a toujours
raison, dit le duc avec l'air de l'étonnement et charmé d'avoir fourni au roi ce
moyen facile de montrer la sagacité de
son esprit. — Il faut, continua le roi,
que la battue soit dirigée comme du
temps de mon père sur le défilé que forment d'un côté les murs du lavoir de

Frutos-Alvaro, et de l'autre le bosquet
de Las Cabras. Sur les deux éminences
qui s'élèvent au-delà, on placera deux batteries dont les feux seront dirigés vers la
plaine qui s'étend à la droite de l'Eresma;
tu entends tout cela, Manuel ? — Fort
bien. Votre Majesté s'explique avec tant
de clarté ! mais seigneur le marquis de
Saint A..... qui a obtenu de Votre Majesté la faveur d'une audience particu-
lière attend ses ordres en ce moment.
— Ah, répondit le roi en riant, je sais ce
qui l'amène, sa femme lui a fait un outrage bien scandaleux ; il vient me demander l'autorisation de la faire mettre
dans un couvent. Pauvre marquis ! qu'on
le fasse entrer dans mon cabinet. Nous
autres rois, ajouta ce bon prince en riant
plus fort, nous avons il est vrai bien des
fatigues, une grande responsabilité devant Dieu, et souvent des peines bien
vives, mais nous avons du moins un
grand avantage, c'est d'être à l'abri du
genre de malheur qui désole aujourd'hui

Saint A...... nous n'avons pas à redouter
que nos femmes nous trompent, nous
autres; n'est-il pas vrai, Manuelito? —
Qui oserait concevoir l'idée téméraire de
lever les yeux sur sa souveraine? dit le
jeune duc en rougissant et en saluant
profondément pour prendre congé. —
Aimable et vertueux jeune homme! dit
le bon roi quand le duc fut sorti. Celui-
là du moins, j'en suis bien assuré, nous
sert par un sentiment d'affection person-
nelle et bien désintéressé, aussi la reine
et moi nous l'aimons de tout notre cœur. »

Le lendemain, en conséquence des
ordres transmis par le duc, les jeunes
gens de l'école sortirent en grand ap-
pareil de la ville vers quatre heures du
soir. Toute la population, avertie de
l'approche de la famille royale, s'était
portée en foule dans la plaine devant les
murailles entre la porte de la Granja et
celle de Madrid; lieu ordinaire des exer-
cices militaires, et où l'on a construit

un polygone, qui sert aux manœuvres des élèves de l'école d'artillerie.

De cet endroit on pouvait suivre de l'œil toute la chasse du roi, à partir du palais de Saint-Ildefonse, que l'on découvre aisément à deux grandes lieues au Sud. Deux bataillons des gardes espagnoles et walones formaient à l'Est et au Midi un demi-cercle d'un rayon immense ; à l'Ouest et de l'autre côté de la route un grand nombre de paysans et de soldats de cavalerie présentaient une ligne droite fort serrée, qui figurait la corde de l'arc décrit par l'infanterie de la garde ; en se rapprochant peu à peu, ils resserraient à chaque instant l'espace dans lequel une multitude incroyable de daims et de cerfs épouvantés, couraient, bondissaient et se croisaient dans tous les sens. Bientôt serrés de plus près encore, on les vit essayer à plusieurs reprises de forcer la ligne des assaillans, en se portant en masse sur un même

point ; mais chaque fois un feu roulant
des fusils chargés à poudre les repoussait dans le centre, et l'effroi les contrai-
gnait à suivre l'impulsion générale qui
leur était imprimée. Après de longues
hésitations, ne trouvant d'issue, n'espé-
rant de salut que dans l'étroit passage
qui se présentait devant eux , ils l'enfi-
lèrent enfin par milliers et débusquèrent
dans la plaine. Quelques-uns durent
alors la vie à la légèreté de leurs pieds ;
d'autres, en plus grand nombre, s'y fiè-
rent en vain ; les feux croisés de quatre
pièces chargées à mitrailles eurent bientôt jonché la terre de leurs corps palpi-
tans ; le carnage couvrait une grande
étendue de terrain , car beaucoup de ces
pauvres animaux blessés mortellement
avaient conservé la force de se traîner
encore et d'aller expirer au loin.

Le roi et l'infant don Antonio , vou-
lurent qu'on rangeât devant eux cette
hécatombe et que les victimes fussent
comptées ; l'opération fut longue : le

nombre s'élevait à près de cinq cents; les princes à cette vue éprouvèrent des transports de joie, et le duc de la Alcudia rappela vainement plusieurs fois à son souverain la promesse qu'il avait faite au comte de Coloméra. Charles IV ordonna que l'on fît commencer les manœuvres des élèves de l'école militaire et engagea la reine à le devancer sur ce point, en annonçant qu'il allait la suivre. Marie-Louise s'éloigna volontiers de cette scène sanglante, et s'avança suivie du jeune duc vers le brillant spectacle qu'offrait la réunion des jeunes gentilshommes sous les armes, au milieu d'une multidude de femmes parées magnifiquement et d'un peuple nombreux qui fesait retentir les airs de ses cris joyeux à l'aspect de sa souveraine. Montée sur une belle jument andalouse, aux crins tressés de rubans rouges, la reine était vêtue d'un habit d'amazone, en étoffe noire fort légère, et enrichi d'une grande quantité de petits boutons d'or; un chapeau de feutre

relevé d'une gance en diamans, et chargé
de plumes blanches, était placé en arrière sur ses cheveux poudrés et frisés.
Des yeux noirs pleins de feu donnaient
beaucoup d'éclat à sa physionomie, d'ailleurs assez commune. Mais ce qui la distinguait surtout, c'était une grace inimi-
table dans la manière de saluer, et une
dignité naturelle qui décelait la souveraine au premier coup d'œil.

La marquise de Montéalegre, *camarera
mayor* de la reine, et amie de la comtesse
de Mansilla, avait remarqué avec peine
que Fernando n'était pas au nombre des
jeunes gens choisis pour faire le service
des pièces placées sous les yeux du roi à
la chasse; ce prince les avait tous entre-
tenus, et s'était fait dire leurs noms. La
marquise fort contrariée d'avoir, perdu
cette occasion de faire valoir le fils de
son amie, dont elle avait déjà parlé souvent à la reine, vit avec satisfaction le
jeune homme placé à la revue de manière à fixer ses regards.

La bonne mine de Fernando, l'adresse
et la grâce de ses mouvemens, dans l'exercice qui commença sur le champ ; tout
favorisa le projet de la marquise; les avantages extérieurs de son protégé furent re-
marqués, et le directeur général fit de son
mérite un fort bel éloge ; il ajouta que le
comte de Campoalange, ministre de la
guerre, avait dessein de proposer au roi
de nommer Fernando capitaine de la
compagnie d'artillerie en garnison à
Carthagène.

Marie-Louise jeta les yeux sur le duc
de la Alcudia, qui témoigna par un regard que cette prétention lui paraissait
convenable ; et la reine alors déclara
qu'elle s'intéresserait au succès de la demande, en ajoutant qu'elle en parlerait
au roi, qui s'approchait en ce moment.

Charles IV promena des regards dis-
traits sur la troupe ; il montait un cheval
frais qui s'inquiétait du bruit de l'artillerie, dont les salves redoublaient à
l'approche du maître. Le roi s'éloigna

quelque peu, et mettant pied à terre il s'avança vers une tente que le *Mayor-domo mayor* de sa maison avait fait dresser tout près des constructions commencées du cirque des combats de taureaux. Par ordre de ce grand officier, on y avait préparé des rafraîchissemens pour Leurs Majestés.

En approchant, le roi vit un grand nombre de courtisans se rassembler vivement sur le même point, comme pour lui dérober un spectacle désagréable, et derrière ce groupe des soldats qui faisaient effort pour entraîner quelque chose dont le poids paraissait considérable. — « Qu'est-ce donc? demanda-t-il en s'approchant brusquement.» Aussitôt la foule s'écartant par respect, et le roi avançant toujours, il se trouva tout près d'un âne portant un de ces longs paniers en forme de besace en usage dans ces provinces, et dont les deux poches gonflées également se maintenaient en équilibre sans le secours d'aucun lien. Comme les sol-

dats le tiraient avec violence pour l'éloigner, l'animal résistait avec d'autant
plus d'obstination, le cou tendu et faisant
un arc-boutant avec ses jambes de devant. A chaque décharge du canon, il
lançait de vives ruades, et chaque fois se
débarrassait d'une partie de sa charge
qui tombait des poches du panier dans la
poussière. Un pauvre paysan, malgré
les bourrades des soldats et les injures
des seigneurs, ramassait à mesure tout
ce qui tombait, et l'entassait dans sa
Montéra. — « Que fais-tu là, homme ? lui
dit le roi. — Seigneur ; répondit l'ânier,
je ramasse mes *Chorizos* que cette maudite bête va tous jeter par terre, si ces
seigneurs s'obstinent à l'empêcher de
suivre sa route comme elle l'entend. —
Comment des chorizos ! dit le roi, d'un
air plus charmé que surpris. »

Etranger à Ségovie, un bon bourgeois
que tout ce mouvement avait placé près
de Charles IV, et qui ne soupçonnait
pas son rang à la simplicité de son habit

gris sans dorure, s'empressa de lui expliquer avec tout le respect possible qu'il
était question de ces saucissons chargés de
piment à l'usage des gens du commun.
— Et au mien aussi, dit le roi, crois-tu
donc m'apprendre ce que c'est qu'un
chorizo? Eh! dis-moi, homme, continua-
t-il en s'adressant au paysan, les tiens
sont-ils d'Estramadure! — Oui, seigneur,
et des plus riches, répondit-il. — Prends
garde, reprit le roi, nous avons ici des
connaisseurs, et voilà Antonio qui n'est
pas facile à tromper sur cette matière. »

L'infant don Antonio accueillit cette
plaisanterie avec un grand éclat de rire.
Mais les courtisans baissèrent tous les
yeux, et personne n'eut l'air de se rap-
peler que l'un des jeux de l'enfance du
prince était de préparer ce mets.

Le roi commanda qu'on fit lâcher
prise aux soldats, et l'âne, délivré de
cette contrariété, se tranquillisa beaucoup. Bientôt l'artillerie cessant tout-à-

coup son jeu, l'honnête animal reprit
toute sa sérénité.

—« Tu dis donc, homme, reprit le roi,
que tes chorizos sont d'Estramadure ; il
me prend envie de vérifier si ta déclaration est sincère, et je veux m'assurer s'ils
sont en effet *légitimes*, comme on dit en
Castille. — Pour *légitimes*, reprit le
paysan, en s'empressant de lui en montrer des plus gros, si votre seigneurie s'y
connaît en effet, elle pourra juger.... —
Voyons, dit le roi, en prenant le chorizo de ses mains, mais il faudrait du
feu. »

Un bon castillan ne marche jamais sans
son briquet, et le roi n'eut pas plus tôt
exprimé ce désir, que les étincelles vol-
tigeaient de toutes parts autour de lui.
On ramassa des feuilles et des brins de
bois, et bientôt un feu brillant pétillait
à ses pieds. Pendant qu'on l'attisait, il
prit des mains d'un enfant une baguette
qu'il disposa d'après son intention. Ces

apprêts achevés, il piqua le saucisson au bout de sa baguette, et le présentant au feu le fit cuire lui-même.

Cependant le *Mayordomo mayor* et le *sumiller* de corps, dignitaires qui représentent à peu près le Grand-Maître de la maison du roi de France et le grand Chambellan, tous deux avertis que le roi s'était approché de la tente, vinrent se ranger auprès de sa personne, pour faire leur service. Leur étonnement fut grand à l'aspect de ce repas champêtre, improvisé par Sa Majesté au mépris des délicatesses apportées avec tant de soins dans le *Fiambrera*, grand coffre qui sert à transporter ses provisions de bouche aux rendez-vous de chasse.

Le chorizo était cuit à point, le roi demanda du pain. Le grand-maître répéta l'ordre, qui parvint rapidement à la tente. Aussitôt il en sortit un sommelier, superbement vêtu, tête nue et sans épée, qui s'approchant du roi mit un genou en terre devant lui en présentant sur un plat de vermeil un petit pain entre deux serviettes.

On peut se figurer l'étonnement du pauvre paysan. Il se jeta lui-même à deux genoux; et les mains jointes, il regardait le ro i d'un air suppliant comme pour demander grace de sa témérité, et d'avoir parlé si familièrement à son souverain.

Le prince, sans remarquer l'action du bonhomme, expédia son chorizo. A boire, dit-il au mayordomo mayor. L'ordre fut transmis au buffet, où le sommelier de service fit faire l'essai de l'eau glacée par un médecin de la chambre et en remplit un grand verre qu'il couvrit et plaça sur un plat de vermeil qu'il a lla offrir au roi, en mettant comme l'autre officier un genou en terre. Dans cette posture il tint le plat sous le verre pendant que le roi buvait. S. M. demanda un second chorizo ; la surprise du paysan alla jusqu'au saisissement, la demande s'adressait à lui ; il fit un grand signe de croix en témoignage de son étonnement, il resta

quelque tems immobile, la bouche béante
et les yeux ouverts outre mesure, au
point de laisser voir partout le blanc
autour de la prunelle. Cette pantomime
semblait dire : Seigneur, il suffit d'un
seul de ces chorizos pour le diner de
deux personnes !

Toutefois, le roi réitéra l'ordre, et le
paysan reprit volontiers son service extraordinaire auprès de S. M., et fouillant
de nouveau dans le panier de l'âne qui
continuait à regarder cette scène avec
une profonde indifférence, il satisfit au
nouveau caprice du maître. Six épreuves
pareilles se renouvelèrent successivement, et chaque fois vit recommencer
la double cérémonie, avec génuflexion,
du petit pain et de l'eau glacée, unique
boisson de ce prince et de la reine dans
toutes les saisons de l'année. A la fin le
roi, convaincu de la *légitimité* des chorizos, en fit compliment à l'ânier qui
reçut de l'or pour prix de la vérité qu'il
avait dite. Le roi fit signe qu'on lui

donnât à laver. Le plateau et l'aiguière lui furent offerts par des gentils-hommes également à genoux, et un autre noble officier de sa maison lui présenta ensuite la serviette avec la même humilité ; mais le *sumiller* de corps, grand d'Espagne de première classe, jaloux de la prérogative de sa charge, prit la serviette et l'offrit lui-même, à genoux, au souverain. Au même instant, l'infant don Antonio, survenant, usa des droits de prince du sang et s'empara de la serviette pour la remettre à son frère qui put enfin s'essuyer les mains.

Charles IV, qui devait à une excellente constitution et à l'exercice continuel de la chasse, un appétit extraordinaire, n'avait pas été fâché de cette occasion de le satisfaire avec un aliment plus substantiel que les biscuits et les limonades du mayordomo mayor. Marie-Louise le rejoignit en ce moment, et parla de Fernando. Cette disposition clémente que donne à l'esprit la satisfaction de l'esto-

mac était trop favorable à la demande
de la reine pour qu'elle ne fût pas bien
accueillie. Aussi, dès les premiers mots,
le roi se tournant vers le comte de Mansilla lui fit signe d'approcher : il est question de ton fils , lui dit-il, on m'a déjà
parlé de lui , et puisque la reine s'intéresse à ta demande , je te l'accorde.

A ces mots , remontant à cheval , il
tourna bride vers Saint - Ildefonse , la
reine et toute la chasse, à son exemple,
suivit au grand galop. Ce peu de paroles
avait enivré de joie le comte , habituelle-
ment froid et mélancolique. Tout se ressentit le soir chez lui du bonheur qu'il éprouvait ; descendu des hauteurs imaginaires
où le maintenait toujours son orgueil
excessif , il reconnaissait tout le monde
dans son salon , rendait d'un air affec-
tueux compliment pour compliment , et
remerciait d'un serrement de main amical les jeunes gens qui affectaient d'appeler tout haut et de loin Fernando du
titre de capitaine. On présageait à l'héri-

3.

tier du nom de Mansilla les plus hautes
destinées , et les regards de la reine un
moment arrêtés sur lui paraissaient à tous
ses mais le gage d'un avancement rapide
et brillant.

Fernando avait vingt ans ; une taille
élevée, élégante, des traits nobles et
réguliers, surtout des yeux bleus et de
beaux cheveux blonds si rares parmi les
Espagnols de ces provinces donnaient à
ce beau cavalier un attrait particulier.
Avant que le hasard lui eût fait connaître Elena , sa gaîté habituelle éveillait
celle de ses jeunes compagnons. Il était
l'âme de toutes leurs parties de plaisir. La
préférence qu'il accordait à l'assemblée
de la marquise de Canizares avait décidé
les jeunes gens dignes d'y être admis à
la fréquenter avec assiduité.

Cette réunion du soir , nommée *tertulia* , ne se compose que d'amis particuliers , de ceux à qui dans le langage espagnol on a *offert la maison*. Avec quelque politesse qu'on y ait été reçu la pre-

mière fois, on n'a pas encore le droit de
s'y présenter le soir, si la maîtresse ne
vous a pas dit, au moment où vous
prenez congé d'elle, ces paroles sacra-
mentelles : seigneur, *cette maison est à
votre disposition*. Mais la formule une
fois articulée, on peut se fier à cette expression de la franchise castillanne, et se
présenter à la *tertulia,* certain d'être reçu
par tout le monde avec cordialité. On y
vient sans façon et sans cérémonie; les
visites d'étiquettes ne se font généralement en Espagne que le matin.

A cette époque, à Ségovie, comme
dans toutes les villes de province où la
fréquentation des étrangers n'a pas altéré
les bons vieux usages, l'après-dinée se
composait invariablement d'une ou deux
heures de sommeil, surtout pendant les
chaleurs, puis de la promenade obligée
à la Alaméda, sombre vallée sous les
murs de la ville, bien plantée de beaux
ormes et arrosée par la petite rivière
d'Atayada, dont le cours donne en pas-

sait l'impulsion aux machines de l'hôtel
de la Monnaie et d'une pauvre manufacture de papier. Là, descendaient en foule,
chaque soir d'été, les cavaliers, les
piétons et un petit nombre de voitures ;
on y respirait le frais, on se montrait, on
regardait, mais au premier coup de la
cloche du couvent del Parral sonnant
l'*Angelus* on s'arrêtait, on priait immobile et la tête découverte, et chacun prenait ensuite gaîment la route de sa *tertulia* où l'attendait le chocolat brûlant et le
verre d'eau à la neige. Il régnait dans
celle de la marquise de Canizarès une
aimable liberté. Après le *refresco*, Fernando chantait en s'accompagnant de
la guitare des *seguidillas* et des *bole-
ros* que de jolies personnes dansaient
avec grâce et décence. La fille de la
marquise, la plus belle parmi celles de
la noblesse de Ségovie, avait paru jusque
là l'objet des soins particuliers de Fernando, et les deux familles fondaient de
grandes espérances sur l'amour récipro-

que qu'on supposait à ces deux aimables
enfans. Fernando n'avait pourtant qu'une
tendre amitié pour Matilda , dont il était
aimé avec passion. Elle avait été moins
charmée des bontés du roi pour l'époux
qu'on lui destinait , qu'affligée de l'idée
qu'il allait bientôt s'éloigner pour rejoindre à Carthagène la compagnie dont
il venait d'être nommé capitaine ; tout
le monde au bal chez le comte attribuait à la crainte de cette séparation la
douleur qui se peignait trop visiblement
sur le front du jeune homme.

Le comte et don Matias , le corrégidor de Ségovie, ne pouvaient se méprendre sur le véritable motif de sa peine. Le
premier feignait de ne pas la voir. Il fé-
licitait son fils sur son bonheur chaque
fois qu'il le rencontrait dans un des sa-
lons , il l'encourageait à se rendre digne
des bontés de son souverain et d'une
reine adorable , puis il allait plus loin recevoir lui-même et savourer les félicita-
tions. Don Matias , au contraire , l'ob-

servait en silence. Il l'avait plusieurs fois surpris, les yeux obstinément attachés sur la porte de l'antichambre, et il comprit à son air d'inquiétude et d'impatience que le jeune amant attendait un message auquel il attachait beaucoup d'importance. Dans l'intention de vérifier cette conjecture, il se plaça près de Térésa, sœur de Fernando, à laquelle il devait bientôt s'unir, et quoiqu'il ne parût occupé que d'elle, il ne perdait pas un des mouvemens du jeune homme. Il ne fut pas longtemps sans le voir tressaillir à l'aspect d'un grand homme sec dont la figure basanée ne parut pas inconnue à don Matias. Vêtu à la manière des *majos* de Séville, de ces Andaloux dont le costume élégant, mais exagéré, sert de modèle aux danseurs de théâtre, l'étranger était en veste ronde et courte de velours noir avec les culottes pareilles et tout couvert de clinquant et de rubans ; un manteau de camelot soyeux couleur de gorge de pigeon, se drapait avec goût

sur ce singulier personnage. Il fit sensa-
tion dans l'antichambre où les femmes
de la comtesse l'accueillirent avec accla-
mation. « Pedro ! Pedro ! s'écria l'une
d'elles, quelle bonne fortune ! que de
siècles depuis qu'on n'a vu votre grâce à
Ségovie ! Tomassa du Parador était prête
à se marier de colère.

« —Tant pis pour elle, répondit Pedro
d'un air fier et dédaigneux, tant pis
pour elle, répéta-t-il en se posant sur
une jambe, tandis qu'il balançait l'autre
sur la pointe du pied. Pedro agitait en
même temps, à l'imitation des magots
de la Chine, sa tête inclinée sur l'épaule
gauche, il n'avait point développé son
manteau pittoresque et se tenait planté
devant Mariquita, qui venait de l'inter-
peller. — « Tomassa, continua-t-il, ne
sait pas tout ce que peut lui faire perdre
une imprudente précipitation. Quant à
moi, je n'irai pas bien loin pour trouver
aux pieds de qui déposer les trésors d'a-
mour et de constance qu'elle méprise,

quoique ces yeux de tigre, que j'ai l'audace de fixer en ce moment, m'annoncent
le dessein de déchirer mon pauvre cœur
en mille pièces. De grands éclats de rire
furent le prix de cette saillie andalouse. A
ce bruit Fernando, feignant de s'étonner,
courut à l'antichambre, comme pour s'informer de la cause de ce mouvement.

« Ce n'est rien du tout, seigneur,
répondit Mariqueta, rien qu'un infidèle
qui revient à moi du fond de l'Andalousie et qui voit dans mes yeux des desseins
meurtriers que je ne me savais pas.

—Ah! dit Fernando, d'un air d'indifférence, c'est ce garçon. — Pour servir
votre seigneurie, reprit Pedro, et j'ap-
porte de bonnes nouvelles, ajouta-t-il,
en regardant de nouveau Mariquita de
la même manière; quoi qu'on en dise,
tout va bien pour nos amours; et quand
il plaira à quelqu'un que je sais d'en être
mieux informé, je lui donnerai tête à
tête des explications propres à tranquil-
liser son esprit.

—Oh! je me tiens pour bien informée,
répliqua la camériste, et je vous fais
grâce de vos explications.

— Pourquoi donc ? dit Fernando
très-gaîment ; il ne faut pas être si dure
aux pauvres amoureux, leur condition
est parfois bien misérable.

Tout en parlant, Fernando traversait
l'antichambre, et gagnait son appartement dont il laissa la porte ouverte ; et
Pedro, se perdant parmi la foule des
curieux qui remplissait le vestibule, se
glissa furtivement dans la chambre du
jeune homme. Le corrégidor avait tout
entendu, et suivait attentivement leur
marche. Sans pouvoir se rendre compte
exactement des souvenirs que la figure
de Pedro venait de réveiller en lui, il ne
pouvait douter que ce ne fût un de ces
mauvais sujets sur lesquels sa condition
de juge l'obligeait trop souvent d'arrêter
ses regards. L'agitation de Fernando en
apercevant cet homme, et la sérénité
qui reparut sur son front après l'avoir

I.   4

entretenu, tout devait exciter les soupçons du corrégidor; il résolut d'éclaircir
ce mystère, et sortit de l'hôtel du comte
de Mansilla, dans le dessein de s'en occuper sans délai.

CHAPITRE IV.

Qui n'a point vu nymphe jolie
Que l'on aime pour plus d'un jour,
Ne connaît pas ma douce amie:
Mon amie est la sœur d'Amour.
De la rose qui vient d'éclore
Elle a l'éclat voluptueux;
Son âme est bien plus belle encore,
Et son âme est toute en ses yeux.

CHANSON.

A peine le jour commençait-il à poin-
dre, que déjà Fernando frappait à coups
redoublés à la porte du parador. Juanito
l'ouvrit en murmurant, mais quand il
eut reconnu le jeune comte, il lui témoigna de grands respects et le conduisit à la chambre de Perez, qui dormait
encore profondément, mais qui se hâta
de se lever pour recevoir son ami. Fernando ravi de joie de n'avoir plus à craindre le départ d'Elena, et impatient de
reconnaître le service que Perez venait
de lui rendre, le pressa de l'informer des

motifs de son voyage à Ségovie et de lui
offrir l'occasion de le servir à son tour ;
Mais sans attendre la réponse, et plein de
l'idée qui le dominait, il ne l'entretint
que des grâces et des perfections de l'objet de son culte. Parlons d'elle d'abord,
lui dit Perez, car tu ne prêterais aucune
attention à mes paroles si j'essayais en
ce moment de t'occuper de moi ; tu vas
donc me raconter premièrement l'histoire de tes amours avec Elena ; il est
bon que je sois instruit des moindres détails d'une affaire où mes conseils peuvent être utiles. — Indispensables , cher
Perez, et tu vas en juger , je ne te cache-
rai rien de tout ce qui s'est passé. Tu
sais quel empire ont toujours exercé les
moines dans nos petites villes, et comme
ils redoublent de vigilance depuis que
la révolution française les averti t de se
tenir plus que jamais en garde contre
l'invasion des idées philosophiques. Ma
mère, que leurs discours a tout-à-fait sub-
juguée , et que la faiblesse de sa san!

livre incessamment aux terreurs de l'enfer, ma bonne mère, uniquement occu-
pée du salut de mon âme, ne cesse de
me recommander l'observation des pra-
tiques extérieures de la religion. De son
côté mon père me l'ordonne durement et
veut des billets de confession. Son exi-
gence à cet égard est devenu beaucoup
plus importune depuis mon dernier
voyage à Madrid, où la connaissance
que j'ai faite de don Juan de Silva chez
son frère le duc de Hijar, et ton amitié
qu'il m'a procurée, ont été l'occasion de
quelques folies qui l'ont tant courroucé.

Pour ne pas altérer la paix de la maison, j'obéissais sans résistance aux volontés de mes parens; non sans craindre
pourtant que tant de docilité n'excitât
les railleries de mes compagnons auxquels j'avais tenu si long-temps un langage
véritablement trop hardi sur ces matières
sacrées. Aussi pour n'être pas aperçu,
j'allais accomplir ces devoirs à la cathédrale de fort grand matin, sous la direc-

tion d'un vieux chanoine. Un jour de ce
printemps, comme je sortais de l'église
par le grand perron pour me rendre à la
terrasse du rempart, je vis monter une
jeune fille, qui me parut d'une beauté
ravissante ; figure toi...

— Passe, passe, dit Perez, je me figure
tout ce que tu voudras, tu es amoureux,
il suffit.

— Non, reprit Fernando, non, tu ne
saurais te représenter la finesse et l'élégance de sa taille, et cette figure d'une
blancheur si éblouissante, à moitié ca-
chée par sa mantille fort avancée sur les
yeux, et soigneusement croisée sur le
sein...

— Encore un coup, répliqua Perez,
je vois tout cela, et cette mantille de fine
dentelle blanche, et la basquine de soie
noire, garnie en bas d'un double rang de
franges, parmi lesquelles sont cachés
quelques grains de plomb, pour forcer
la jupe à coller plus traîtreusement sur
des formes charmantes dont elle accuse

toutes les saillies; pas un seul pli par devant, non plus que des côtés, mais ils sont prodigués par derrière. La jupe est fort courte pour laisser mieux voir une jambe fine et le plus joli pied du monde, chaussé d'un soulier de taffetas blanc. Elle marche avec fermeté, mais ses pas sont petits et chacun d'eux imprime en tout son corps un mouvement onduleux qui ravit. Elle s'aperçoit de l'extase où t'ont jeté tant de charmes, et en soulevant le rideau à la porte de l'église, elle écarte un peu sa mantille, et te lance un regard rapide qui te foudroie. Conviens-en, Fernando, mon imagination me représente fort bien la scène que tu voulais me peindre ?

— Tu es à mille lieues de la vérité, répondit Fernando, tu viens de faire le portrait d'une jolie coquette de Madrid, et je te parle d'une petite villageoise à la mantille d'étamine noire bordée en velours, à la basquine d'étoffe simple et légère, mais dont la forme avait pourtant

de l'élégance ; la chaussure, objet de tant
de recherches pour nos dames , n'était
remarquable que par la propreté , enfin
tout indiquait qu'elle était étrangère à
Ségovie ; mais son maintien , sa beauté
surnaturelle, et une petite servante qui
suivait respectueusement ses pas à quelque distance , me firent aisément con-
jecturer qu'elle n'était pas de basse condition.

Je rentrai dans l'église aussitôt après
elle, Je la vis un moment incertaine
dans sa marche ; elle regardait de tous
côtés et semblait s'étonner de ne trouver
personne dans ce vaste édifice , à qui
pouvoir adresser une question. Je m'a-
vançai timidement et lui offris mes ser-
vices. Elle me demanda la sacristie, et je
la lui indiquai. Le chapelain qui s'y trouvait alors est le confesseur de ma mère.
La jeune personne l'entretint un instant
et s'achemina ensuite vers la chapelle de
la Vierge de Nieva , où elle s'agenouilla ,
ainsi que sa servante; toutes deux avançant

leurs mantilles de manière à se cacher
entièrement le visage, se mirent à prier
avec ardeur, et je crus voir la jeune fille
pleurer. Ne pouvant plus résister à ma
curiosité, je courus interroger le chapelain, qui me répondit froidement que
cette enfant était venu commander une
neuvaine à la Vierge de Nieva, pour la
santé d'une mère malade, et qu'il allait
en dire la première messe. Je n'osai pas
pousser plus loin mes questions, je n'a-
vais que trop de motifs pour redouter ce
méchant homme.

J'attendis la fin de la messe et je suivis Elena quand elle sortit de la cathédrale. Elle gagna la promenade de l'*Es-
polon*, et descendit de ce côté au bas
des remparts ou un petit paysan gardait
deux ânesses. La jeune fille et sa servante
s'y accommodèrent ; et sous la conduite
de ce garçon, elles gagnèrent le fau-
bourg et sortirent par la porte de Madrid. Pour moi, je courus à l'hôtel, et
me hâtant de faire seller un cheval, je me

mis à leur poursuite. Je découvris ainsi
qu'elles habitaient le village d'Otero.

Je t'avoue, mon cher Perez, que
nourri de tes leçons et autorisé par l'exemple de don Juan de Silva, j'étais décidé
à séduire cette belle personne à tout prix,
et à en faire ma maîtresse. J'étais exact à
l'église à l'heure de sa neuvaine, je me
faisais remarquer, je lui adressais même
la parole au moment où elle sortait,
mais sans pouvoir jamais obtenir d'elle
un seul regard. Enfin le neuvième jour,
certain qu'elle ne reviendrait pas le lendemain, j'allai l'attendre sur la route à
peu près à moitié chemin. Là je me ha-
sardai à la prier de s'arrêter un moment
et de m'entendre. La pauvre petite, toute
tremblante, me dit pourtant avec fermeté
que si j'avais en effet quelque chose à lui
dire, elle ne pouvait l'entendre que devant sa mère, et elle continua de marcher sous la protection de son jeune
gardien, me laissant enchanté de tant
de grâce et de décence, et surtout du

peu de mots qu'elle m'avait dits et qui
m'ouvraient la porte de sa maison.

J'avais reconnu celle qu'elle habitait,
le jour où je la suivis pour la première
fois, et je ne manquai pas de m'y présenter le soir même avec hardiesse ; mais
toute ma résolution m'abandonna quand
je vis cette mère, sur l'indigence de laquelle j'avais bâti tout mon système de
séduction. Jamais dame de qualité dans
son salon doré n'eut un aspect plus im-
posant que cette vieille femme malade,
qui me recevait dans une pauvre chaumière, et que je croyais éblouir de l'é-
clat de mon nom et de la richesse de
ma parure. Assise dans un simple fauteuil
de bois sans coussins, elle lisait avec re-
cueillement un livre qu'elle quitta en me
voyant. — Je m'attendais à votre visite,
seigneur don Fernando, me dit-elle avec
calme ; asseyez-vous.

Je n'essaierai pas de te peindre ma
surprise ; je ne pouvais concevoir comment cette paysanne obscure me con-

naissait, je ne revenais pas de l'étonnement où me jetait cet air de dignité, de
politesse aisée que je trouvais dans une
cabane du plus misérable village.

— « Je sais le sujet qui vous amène ,
continua-t-elle , sans me laisser le temps
de lui répondre , mais je vous prie de ne
point m'en parler. Tant de choses me
coûtent à dire , tant d'autres à rappe-
ler ! je suis vieille , infirme et mon premier besoin est le repos. Si vous avez des
intentions sérieuses sur ma fille , et je né
puis vous en supposer d'autres , c'est par
la comtesse de Mansilla seule que je dois
en être instruite.

J'étais embarrassé , je balbutiais quelques mots insignifians. — Vous ne verrez
point ma fille, seigneur , reprit-elle avec
gravité , et si l'entretien d'une femme de
mon âge peut vous arrêter ici , vous êtes
le maître de vous y reposer aussi long-
temps qu'il vous plaira ; mais je vous
conjure de ne point imputer à insulte ni
à impolitesse la prière instante que je

vous fais de ne plus m'honorer de vos
visites.

Le curé du village entra dans ce moment. Je vis à son air froid et important
qu'il était averti de mon arrivée et qu'il
soupçonnait mon dessein. Il affecta de ne
pas me regarder, et après avoir entrete-
nù quelques instans dona Isabel de sa
santé, il ajouta qu'elle avait besoin de
repos et que *nous allions* la laisser en liberté de s'y livrer. J'étais si décontenancé,
si honteux, que je me levai sans rien dire
et que je suivis machinalement le mouvement que fit le curé pour sortir. A
peine fûmes-nous dehors l'un et l'autre,
que j'entendis fermer derrière nous la
porte avec un lourd verrou. Je partis le
cœur déchiré; et, gagnant la route où j'a-
vais laissé mes chevaux sous la garde de
Paco, je repris tristement le chemin de
la ville.

Je fus quelques jours sans oser chercher à revoir Elena; mais, uniquement
occupé d'elle, je perdis le goût de tous

les plaisirs de mon âge, je devins sombre, solitaire.....

— « Enfin, dit Perez, te voilà roma-
nesquement passionné; eh bien! tu
écrivis?

— « Non, répondit Fernando; et de
quoi cela m'eût-il servi? Comment eus-
sé-je fait remettre mes lettres? Je sus
qu'elle ne sortait plus que le dimanche
pour aller à l'office, et qu'on exerçait autour d'elle la plus active surveillance; le
mal était venu de ce méchant chapelain
de la cathédrale. Mon agitation quand je
le questionnai dans la sacristie ayant
éveillé sa curiosité, il m'avait épié et
surpris en extase devant Elena; il était
derrière moi quand je suivis ses pas, et
me vit monter à cheval. Le bas flatteur
ne manqua pas de faire son rapport à ma
mère, on tint conseil à l'évêché, où le
curé d'Otero fut mandé pour recevoir
des instructions. Enfin, un mur d'airain
s'élevait déjà entre Elena et moi, quand
je me présentai pour la première fois

chez sa mère. Tant d'obstacles ne faisaient qu'irriter ma passion, quand un matin mon père me manda dans son appartement. Il était avec l'évêque qui me fit un long discours sur l'autorité paternelle et les devoirs des enfans. Le comte prenant ensuite la parole me signifia qu'il avait résolu de conclure sans délai mon mariage arrêté dès long-temps avec Matilda de Canizarès, nièce du prélat, et qui apportait dans notre maison, avec d'immenses richesses, le titre de marquis dont elle était héritière.

Je voulus répondre ; l'évêque m'imposa silence au nom du ciel que ma désobéissance pouvait offenser ; il me conjura, du ton dont on menace, de ne pas ajouter cette faute énorme à toutes celles qui peut-être auraient dû armer la sévérité de mes parens, mais que leur indulgence voulait bien m'offrir une occasion de faire oublier ; ils me quittèrent tous deux après cette cruelle déclaration. Je n'avais pas encore éprouvé de douleur aussi vive ; les larmes me suffoquaient, et ne trouvaient pas de passage. Je résolus de revoir Elena sur-le-champ ; avant de m'attacher à aucune idée , et sans autre réflexion , je montai à cheval et je volai à Otero. La porte de dona Isabel était heureusement entr'ouverte quand j'arrivai ; j'entrai brusquement , et je la trouvai avec Elena dans la même chambre où j'avais pénétré la première fois.

Je me hâtai de fermer le verrou derrière moi , et je m'approchai d'elles avec agitation. Cette action , mon air égaré , la pâleur de mes traits, tout les frappa d'un effroi qui les glaça, et leur interdit l'usage de la voix. — Ne vous effrayez pas , leur dis-je, d'un ton suppliant, vous voyez devant vous un malheureux réduit au désespoir , et qui n'a plus de recours que la mort, si vous refusez de l'entendre. Ne craignez pas que je m'écarte un instant du respect que je vous dois, mais il faut absolument que vous m'écoutiez.

Enfin , ma soumission et mes larmes

les calmèrent, et doña Isabel consentit à
m'entendre. L'expression naïve d'un sentiment aussi vrai que profond les atten-
drit toutes deux et les persuada ; mais je
n'en trouvai pas moins d'opposition dans
la fermeté de la mère, et dans la fierté de
la fille quand je demandai la main d'E-
lena. Elles me déclarèrent qu'une démar-
che publique de mes parens était la première condition de leur consentement,
et je n'obtins pour toute faveur que la
permission de venir leur faire part de la
réponse de mon père à cette ouverture.
Toi qui le connais, Perez, tu peux juger
de l'accueil que je reçus de lui, et comme
il traita ma proposition. Dès les premiers
mots, il m'interrompit en déclarant qu'il
mourrait de mille morts avant de consen-
tir à ce mariage avilissant, et qu'il sui-
vrait au tombeau les restes de son fils
unique avec moins de douleur que s'il
lui fallait l'accompaguer à l'autel pour y
voir consommer le sacrifice de son honneur et de celui de sa maison. Il me quitta

4.

plein de courroux, et je fis de vains efforts pendant les jours suivans pour obtenir un moment d'entretien avec lui. Cependant, j'étais retourné plusieurs fois à Otero, et sous divers prétextes j'éloignais toujours une explication définitive; mais enfin, un soir dona Isabel me reçut avec plus de froideur qu'à l'ordinaire; elle me déclara que la réponse trop longtemps attendue lui était enfin parvenue directement, et que ma famille repoussait l'idée d'une alliance avec la sienne; en conséquence elle me prescrivit de ne plus reparaître dans sa maison où je n'aurais jamais dû me montrer.

A ces cruelles paroles, mon désespoir alla jusqu'à la démence. Et comme dans mes courses nocturnes j'avais cru remarquer que j'étais suivi, je m'étais armé depuis quelque temps d'un pistolet que je portais toujours sur moi; je le saisis et je jurai que j'allais me donner la mort si elle ne révoquait à l'instant cet ordre fatal. Je ne puis te peindre l'effroi d'Elena.

Elle se jeta presque à mes pieds en me
conjurant de cacher cette arme qui l'é-
pouvantait. Pour la première fois, elle
fixait sur moi ses regards, ils étaient tendres et supplians, j'étais enivré ; j'obtins d'elle l'aveu que mon amour ne lui
déplaisait pas, et que si mon père se laissait fléchir elle m'épouserait avec joie.
La mère de son côté me donna l'assurance que sa fille était de noble naissance,
et que leur pauvreté seule pouvait être
un obstacle à notre union. J'appris alors
que dona Isabel est veuve d'un officier
supérieur mort au Mexique et qui ne lui
avait laissé pour tout bien que le droit ordinaire à une faible pension. Je parvins
à leur persuader que le temps et mes efforts pourraient vaincre tous les obstacles, et elles consentirent quoiqu'avec
beaucoup de peine à me permettre de
continuer à les voir. Cependant, depuis
quelques semaines, je m'apercevais que
la santé de dona Isabel s'altérait d'une manière effrayante ; sa figure devenait mé-

connaissable de jour en jour. Enfin, elle
me déclara son projet de quitter le pays.
La manière dont elle me fit part de ce
dessein extravagant dans l'état où elle se
trouve, et plusieurs observations que
j'avais faites autour de moi, me firent
alors soupçonner, ce que je venais de
vérifier à Ségovie quand nous nous sommes rencontrés, que ma famille avait
décidé l'éloignement d'Elena; enfin, que
ce complot contre mon bonheur était
l'ouvrage de mes parens de concert avec
l'évêque et surtout le corrégidor....

— Diable, diable! s'écria Perez en se
levant avec vivacité, et d'un air fort irrité, tu aurais bien dû me dire hier un mot
de ce corrégidor, je ne me serais pas
mêlé de ton affaire; ce n'est pas en agir
loyalement que de me mettre aux prises
avec des gens de cette robe.—Eh! pourquoi? demanda Fernando très-étonné.—
Pourquoi, pourquoi? répartit Perez d'un
ton plus élevé, peux-tu me faire une
semblable question? ne sais-tu pas bien

que je me suis fait un ennemi de don Matias, par les railleries dont je l'ai blessé
quand il vint avec ton père à Madrid,
pour t'arracher à ce qu'il appelait la
séduction de mes conseils et de mon
exemple. Il ne l'a pas oublié, je t'assure;
et sa vengeance implacable m'a poursuivi
jusqu'à Séville, comme tu l'apprendras
tout à l'heure. Tu sais d'ailleurs que la
protection ouverte et déclarée du duc de
Berwick donne beaucoup d'importance à
don Matias, qui dispose à son gré du
crédit de ce grand seigneur et exerce
beaucoup d'influence sur son esprit. Or
maintenant ma fortune dépend du vieux
duc, et je me trouve entre les mains de
ce maudit Matias, tu me compromets,
tu me perds, c'est mal, très-mal, Fernando, tu devais m'avertir. — Pouvais-
je deviner cette circonstance? demanda
le jeune homme, et d'ailleurs où est le
mal?

Tu pouvais du moins penser, répliqua
Perez d'une voix moins haute, que nos

folies doivent nous faire redouter les regards des pédans et des hypocrites comme ce don Matias, et que sa charge de corrégidor le rend fort redoutable. Je le croyais ton plus intime ami, et je me persuadais que tu ne faisais rien que d'accord avec lui, enfin qu'il était ton appui contre les persécutions de ton père; et tu m'apprends maintenant que tu m'as mis en guerre avec lui ! Fernando, ajouta-t-il d'un ton de reproche amer, tu es riche, tu es libre, tu n'as pas besoin d'un emploi pour vivre, et ta légèreté a compromis mon état, peut-être ma liberté, qui sait où tout cela peut aller?.... Me jeter dans les serres d'un corrégidor !

— Mais calme-toi, dit Fernando, que crains-tu? je suis riche en effet, et je n'oublierai jamais le service que tu viens de me rendre; mon amitié.....

— Oui, oui, je connais l'amitié des grands, et des riches, quand ils n'ont plus besoin de nous autres pauvres. Tu ne penses à présent qu'à ton amour, tu ne vois que la passion qui t'entraîne, et tu es homme à me proposer la moitié de tes biens que peut-être tu ne posséderas jamais, pour servir tes projets, mais ensuite...

En ce moment Tomassa l'interrompit en apportant le chocolat, et pendant qu'elle le servait, les deux amis gardèrent un profond silence. Perez, comme frappé d'une idée soudaine, lui demanda, d'un air fort inquiet, si Pedro était à la maison.— Pedro est parti une heure avant le jour, répondit la servante en se retirant. Perez se mordit les lèvres et parut agité du dépit le plus violent. — En quoi donc ce départ peut-il te chagriner à ce point? demanda Fernando dès qu'ils furent seuls.

—C'est que, dans la confiance que cette affaire n'avait pas le dégré de gravité que tu me fais maintenant entrevoir, j'ai renvoyé Pedro à ce village. — A Otero?— Sans doute, sous prétexte d'aller chercher de l'orge que j'ai achetée à l'alcade, j'ai

donné à ce garçon des instructions bien
détaillées pour s'informer de plusieurs
particularités... Je méditais un projet...
—Un projet, mon ami! ah! dis-moi, je
te prie... — N'en parlons plus ; je ne veux
donner aucune suite à tout cela, je ne
risquerai certainement pas ma fortune à
venir pour... — Encore une fois, Perez,
confie-toi à mon amitié. — Ton amitié,
je veux y croire ; mais que pourras-tu
faire pour moi, quand je t'aurai sacrifié
mon état ? tu n'as rien que de brillantes
espérances.

— « Détrompe-toi, j'ai en propre à Valence un bien considérable que m'a laissé
ma tante. — Mais tu es mineur. — N'importe ; mon père m'en abandonne l'administration pour mon entretien et mes
dépenses, et il me rapporte cinquante
mille réaux. J'en ai donné la gestion pour
dix ans à un riche Valencien, à condition
qu'il m'en avancerait le produit de deux
années à reprendre à des termes éloignés
sur sa recette. — Tu as donc cent mille

réaux d'argent comptant? — J'ai même
davantage, car depuis long-temps mon
père me fait un traitement fort noble, et
dans cette petite ville je n'ai pas d'occasion de dépenser. Tu sais que mon
voyage à Madrid a malheureusement
duré trop peu de tems pour avoir été
fort coûteux. — Tu as plus de cent mille
réaux, reprit Perez d'un air de profonde
méditation... Alors... oui, nous pouvons
tenter quelque chose. — Oui, mon cher
Perez, s'écria Fernando en l'embrassant,
aide-moi de tes conseils, de ton esprit;
le mien n'est plus capable de rien. Je
n'ai qu'une idée, comme tu le disais
tout-à-l'heure, une seule qui absorbe
toutes les autres, et subjugue ma raison.
Forme un plan, imagine, je mettrai
tout cet argent à ta disposition.

— « Il le faudra bien, répondit Perez,
et même ce serait peu pour le plan vaste
et sûr que je mûris en ce moment........
mais non, continua-t-il d'un air de dé-
dain, des coups aussi hardis ne se pro-

I. 5

posent pas à de jeunes garçons timorés
qui vont à confesse par ordre de leurs
parens.

— « Perez , épargne-moi ces cruelles
plaisanteries, et entre dans ma peine. —
Mais si tu as des scrupules d'enfant ? —
Eh ! non, je n'en ai point d'autres que
ceux de tout bon Espagnol , et je ne
pense pas que tu veuilles me rien proposer qui offense l'honneur ou la foi catho-
lique ? — Que toutes les vierges de la
Péninsule m'en préservent ! mais avant
de te faire part de mon projet , il faut
que je le médite encore , et que j'aie re-
vu Pedro. En attendant je vais te mettre
au courant de ce qui me regarde et tu ju-
geras des raisons qui me commandent
de ménager ton corrégidor. » Tous deux
allumèrent de nouveaux cigares et s'é-
tablirent commodément dans les anti-
ques fauteuils recouverts en cuir qui dé-
coraient la chambre de Perez. Il lui fit
alors en ces termes le récit annoncé :

Ma liaison avec don Juan de Silva

date de notre adolescence. Après avoir
fait des études particulières, j'entrai à dix-
sept ans à l'université d'Alcala de Héna-
rès, où je me liai avec lui d'une amitié
intime. Nos études finies, il obtint de
son père le feu duc de Hijar, que nous ne
serions pas séparés; j'eus un logement à
l'hôtel. Don Juan était libre et riche,
nous passâmes plusieurs années dans les
plaisirs; mais des aventures un peu vives,
où quelques maris jaloux trouvèrent à re-
dire, nous firent un mauvais renom. Des
duels, des discours légers, qui blessèrent
la gravité du révérend Fray Pablo, car-
mélite chargé de la conscience de la
vieille duchesse, et vrai tyran de toute
la maison, enfin, des torts de jeunesse
que l'on exagéra, déterminèrent le duc à
nous envoyer en Catalogne, où il possé-
dait de grands biens. Là, tentés par l'occasion, nous nous embarquâmes sur un
navire qui partait de Barcelone pour
Livourne et nous parcourûmes toute
l'Italie. C'est à Naples, où nous étions

depuis un an, que nous apprîmes la mort
du vieux duc, père de don Juan ; et ses
intérêts nous ramenèrent à Madrid, où
nous pûmes nous livrer avec plus de liberté aux amusemens que nous avions
déjà goûtés dans cette ville de plaisir.
C'est quelque temps après notre retour
que nous t'avons connu, et tu as pu juger
des délices de la vie voluptueuse que
nous y menions parmi les beautés de tous
les rangs, et les enchantemens de l'amour,
du jeu, de la chère délicate, des concerts
et de la danse. Tu fus admis dans ces ré-
duits mystérieux où les heures trop ra-
pides de la nuit semblaient voler pour
nous. Rappelle-toi l'arrivée de ton père
avec don Matias, le bruit qu'ils firent de
ces innocens ébats, les cris scandaleux
de Fray Pablo ; enfin, tous les ennemis
qu'ils soulevèrent alors contre moi. On
t'entraîna, tu vins ici reprendre ta chaîne ;
et moi, victime d'un ordre que le car-
mélite obtint à force d'intrigues, je dus
quitter Madrid sans délai.

Cependant don Juan, pour me con-
soler de cet exil, me fit donner par le
nouveau duc son frère l'administration
de tous les biens de la maison Hijar, en
Andalousie ; et le séjour de Séville était
du moins un dédommagement. Je n'en
jouis pas long-temps ; le ressentiment de
don Matias m'atteignit dans cette retraite. Signalé par lui au gouvernement
comme un sujet dangereux , je fus in-
quiété par la police civile et même par
l'inquisition à propos d'opinions philosophiques et révolutionnaires qui m'ont
toujours été complètement étrangères.
Toutes les fois que la tranquillité publique
fut un moment troublée dans la ville, je
me vis en butte aux soupçons de l'autorité,
et mêlé dans toutes les accusations à propos de délits de cette espèce.

Enfin, las de tant de persécutions, je
fis comprendre au duc de Hijar qu'un
gentilhomme qui le représentait dans
une résidence aussi importante ne pouvait être maltraité de la sorte sans que sa

dignité n'en souffrît. Le duc entendit mes raisons, et me rappela. On célébrait alors à Madrid le double mariage qui vient d'unir les deux maisons de Berwick et de Hijar ; au milieu du bruit et du mouvement des fêtes données à cette occasion , mon retour fut inaperçu , et je fus accueilli avec la même amitié par don Juan. Cependant , l'ordre de mon exil subsistait , et son crédit me fit obtenir du vieux duc de Berwick l'administration de sa terre de Montérey en Galice. Je m'y rendais quand tu m'as rencontré. Mon dessein était cependant de m'arrêter quelques jours ici ; d'abord , pour te voir , ensuite , je voulais entretenir encore don Juan. Il est à Saint - Ildefonse depuis quelques jours, et je veux essayer d'obtenir par son influence une place que l'on m'a dit être vacante dans la maison de la reine. Tu n'ignores pas que don Juan est le plus intime ami du jeune duc de la Alcudia , et j'espère du moins par son crédit obtenir la révocation de l'or-

dre injuste dont je suis la victime, ou
bien une administration moins éloignée
de Madrid que ce maudit Montérey, où
je suis assuré de mourir d'ennui.

Tu peux juger maintenant, Fernando,
combien ma situation me commande de
prudence dans mes relations avec ce
terrible don Matias; s'il me faisait perdre
les bonnes grâces de son ami intime le duc
de Berwick, je serais ruiné sans ressource.

Fernando le rassura de nouveau en
répétant la promesse de partager sa fortune avec lui, et de mettre dès le jour
même en sa possession les cent mille
réaux provenans de la somme avancée
par son fermier de Valence. Cependant
la matinée s'écoulait; il était temps que
Fernando rentrât à l'hôtel pour se trouver au lever de son père afin de ne pas
éveiller les soupçons au sujet de Perez.
Il prit donc congé de lui avec promesse
de revenir le soir pour apprendre le dé-
tail de son plan.

— « Tu peux y compter, lui répon-

ditPerez en lui serrant affectueusement les
mains, mais garde-toi d'accorder la moindre confiance à don Matias, il te hait, il
te nuit plus que tu ne penses dans l'esprit
de ton père..... Il a des projets, je ne
puis pas encore tout te dire; mais crois-
moi, cet homme est bien méchant.

— « Quoi ! dit Fernando en s'arrê-
tant, quel mystère ?.....

— « Va, va, continua Perez, en le
pressant de partir, nous en reparlerons,
hâte-toi, il importe qu'on n'ait pas remarqué ta visite au parador, et qu'on ne
me soupçonne pas ici.

··

CHAPITRE V.

Croit-on que le bonheur habite les palais,
Soit traîné dans un char ou porté sous le dais?
Ces biens, ces dignités, et ces superbes tables
Ne font que trop souvent d'illustres misérables.
THOMAS.

En tout autre temps, et dans une disposition d'esprit différente, Fernando
n'eût pas manqué de repousser avec indi-
gnation les atteintes portées par Perez au
caractère de don Matias. Chéri de la famille de Mansilla, généralement estimé,
ce digne magistrat avait été jusqu'alors
lié de l'amitié la plus intime avec Fernando. Le rapport de leurs caractères faisait
disparaître une assez grande différence
d'âge entre eux. Don Matias devait à la
protection du duc de Berwick l'emploi
considérable qu'il exerçait à Ségovie. Ce
grand seigneur, après avoir habité Paris
fort longtemps, l'en avait ramené très-

jeune encore, et le traitait en parent. Présenté à Madrid sur ce pied par son illustre
patron, il passait pour être le fruit d'un
mariage inégal contracté en Allemagne
par un des membres de la branche française de cette illustre maison. Le respect
qu'inspirait le duc interdisait toute question à cet égard, et la considération per-
sonnelle que s'acquit bientôt don Matias ôtait jusqu'à l'idée de pénétrer l'espèce de mystère dont il leur convenait à
tous deux de voiler sa destinée anté-
rieure.

Peu de temps après son retour de
France, le duc eut à traiter avec le gouvernement quelques affaires assez déli-
cates et dont le résultat devait avoir de
grandes conséquences pour la fortune de
sa maison. Don Matias fut chargé de les
suivre, et entra en relation avec don Pedro d'Acuna, ministre de grâce et justice, qui fut tellement satisfait des rares
talens de ce jeune homme qu'il voulut
l'attacher immédiatement à son minis-

tère. Après quelques années d'épreuve,
il le fit nommer à la place de corrégidor
de Ségovie, en lui promettant un grand
avancement. Cette promesse eût été bientôt réalisée sans la résistance de Matias
lui-même. Son amour pour Térésa de
Mansilla lui faisait redouter que l'amitié
de ses protecteurs ne se montrât trop active. Il les sollicitait avec instances de
l'oublier, et de lui laisser le temps de mériter les faveurs du roi. Le duc de Berwick connaissait l'ambition de son protégé ; justement étonné d'un langage si
nouveau, il voulut en connaître les motifs, et reçut sa confidence avec beaucoup d'intérêt. Sous prétexte de visiter
des biens qu'il avait dans ces cantons, il
vint s'établir pour quelques jours à Ségovie chez don Matias, et entama la négo-
ciation de son mariage avec Térésa. Il
eut de la peine à réussir. L'orgueil du
comte aspirait à l'alliance d'un homme
titré, et la comtesse désirait ardemment
que sa fille prît le voile. Mais pour apla-

nir toutes les difficultés, le duc prit l'engagement de doter les jeunes gens d'une
somme considérable , et de solliciter lui-
même pour son protégé un titre et une
place de juge auditeur à la chancellerie
de Valladolid , grade éminent dans la
magistrature et qui ouvrait à don Matias
la porte du conseil royal de Castille.

La haute faveur dont jouissait le duc
lui fit obtenir la charge en peu de temps;
mais Matias refusa d'en prendre possession jusqu'après l'époque de son mariage,
qui fut dès-lors résolu. Il était enfin prêt
à se conclure , et la joie du jeune couple
n'était troublée que par l'affliction de
Fernando. Vainement son ami lui avait
représenté tous les dangers où pouvait
l'entraîner la passion déraisonnable à laquelle il s'abandonnait; ces conseils, mal
reçus d'abord, devinrent ensuite impor-
tuns, au point de relâcher les nœuds de
leur intimité. Bientôt on eût dit qu'ils
étaient ennemis; Fernando fuyait Matias
avec soin, et, dans les rencontres forcées,

il refusait de lui parler. Le corrégidor vit
bien que la blessure était trop profonde
pour céder aux moyens ordinaires, et
qu'il fallait la déchirer afin de la guérir.
Il fut donc le premier à conseiller d'éloigner de ses regards l'objet dont la vue
nourrissait la funeste passion de Fernando. Il ne fallut pas beaucoup d'efforts
pour déterminer dona Isabel à se prêter à cet arrangement. Sa santé lui commandait réellement de quitter le pays ;
et certaine que jamais la famille de
Mansilla ne souffrirait le mariage dont
Fernando s'était flatté, il importait à
cette mère prudente de mettre sa fille à
l'abri des entreprises de ce jeune homme
ardent et exalté. La pauvreté seule était
un obstacle au déplacement de dona
Isabel ; la difficulté consistait à lui faire
accepter les secours nécessaires sans
blesser son orgueil, et le curé d'Otéro
avait annoncé qu'elle avait à cet égard
une extrême délicatesse. Ce bon ecclésiastique était appelé souvent aux con-

férences dans lesquelles on traitait ordinairement la grande affaire du mariage
de Matilda ; cette junte se composait du
comte de Mansilla, du corrégidor et du
chapelain, confesseur de la comtesse;
l'évêque présidait à toutes les délibéra-
tions. Le curé fit part à l'assemblée de la
réponse de dona Isabel aux ouvertures
qu'il avait été chargé de faire au sujet
du départ. Le défaut d'argent l'empêchait de se mettre immédiatement en
voyage ; pour en obtenir d'une manière
convenable, elle priait les seigneurs qui
prenaient intérêt à son sort d'employer
leur crédit à faire valoir ses droits à
une augmentation de pension qui lui
était due, et dont elle jouirait déjà sans
l'éloignement du comte de Galbès, vice-
roi du Mexique à l'époque de la mort
de son mari, et le seul ami qu'elle eût
en Espagne. Cette juste réclamation
fut vivement appuyée par l'évêque et
par le comte dans les bureaux du ministère. On était tellement certain de la

prochaine réussite de l'affaire que dona
Isabel crut pouvoir accepter à titre d'a-
vance une somme suffisante pour les
frais de son déplacement, et elle se
disposait en effet à partir pour Valladolid ; mais rien n'était encore fixé à
l'égard du jour où les dames devaient
se mettre en route.

Les discours artificieux de Perez, ses
réticences en parlant de Matias, tout
était calculé dans le dessein d'augmenter
la méfiance du jeune homme; mais, par
une singularité que comprendront les
âmes capables d'une véritable amitié,
Fernando ressentit comme un outrage,
dans la bouche d'un autre, les accusations
que lui-même venait de porter contre
l'ami dont il croyait avoir à se plaindre.
Don Matias, en butte aux mépris de
Perez, reprit à ses yeux toute sa dignité.
Il éprouva le besoin de le venger d'un injuste soupçon; et, en sortant du parador,
il courut chez le corrégidor, déterminé

à lui demander une explication franche
et fraternelle.

Matias était absent. On refusa de dire
en quel endroit Fernando pourrait le
rencontrer. Il se présenta plusieurs fois
chez lui dans la matinée; toujours
même silence, avec le même embarras
mystérieux qui l'avait frappé la première
fois. Il lui fut également impossible de
voir son père; on lui répondit qu'il était
sorti de grand matin; et vers une heure,
on vint lui annoncer que le comte ne
rentrerait pas pour dîner, non plus que
la comtesse, qui était en retraite pour
toute la journée au couvent des Carmé-
lites. Le jeune homme n'augura rien de
bon de cet abandon général; une crainte
vague le saisit. Il dîna seul, pour la première fois depuis bien des années. La
présence de ses gens l'obligeait à cacher
sa pénible agitation. Il comparait avec
douleur la pompe qui l'entourait avec la
douce obscurité d'une condition plus

humble. «Hélas! se disait Fernando, libre
des chaînes dorées dont le poids m'accable, l'artisan peut s'abandonner sans
résistance au penchant de son cœur : riche pour tout bien de ses bras nerveux ,
de son travail dont le prix doit nourrir
la femme de son choix, il ne lui demande
que de l'amour, il n'attend d'elle que des
vertus , et le bonheur vient habiter sous
le chaume avec eux. Et moi! moi! dans
cette salle magnifique, servi par dix valets chargés de riches livrées, assis à un
banquet somptueux, combien mon sort
est misérable! » Le sein gros de soupirs,
les yeux noyés de larmes, il repoussait
avec douceur les morceaux choisis que
Paco plaçait successivement devant lui
et retirait intacts avec un air de compassion. Enfin , fatigué de cette contrainte,
il se levait pour se retirer quand on lui
remit un billet dont l'écriture lui était
inconnue; il l'ouvrit avec inquiétude, et,
voyant la signature de Perez , il courut
s'enfermer dans son cabinet pour le lire à

5.

son aise. La lettre était datée de Saint-Ildefonse à une heure. Voici ce qu'il y lut :

« J'ai découvert ici tous les fils de l'infâme complot qui se trame contre ton
bonheur. Don Matias est averti de mon
arrivée; et, pour m'éloigner de toi jusqu'à
l'accomplissement de ses projets, il vient
d'obtenir un ordre de me faire arrêter si
je ne suis point parti dans quelques heures pour Montérey. Il faut pourtant que
je te voie avant la fin du jour, pour concerter avec toi les moyens de détourner
le coup que veut te porter un faux ami
qui te trahit de la façon la plus horrible.
Ne manque pas d'être ce soir, au coucher du soleil, au point de réunion des
routes de Ségovie et de Saint-Ildefonse,
du côté d'Otero. Je m'y rendrai de mon
côté par un grand détour, afin d'échapper aux espions de don Matias. C'est là
que Pedro doit aussi se trouver pour me
rendre compte de la mission dont je t'ai
parlé. Viens sans domestique, je serai
derrière la grosse roche que l'on voit à

deux cents pas de la route, sur la lisière du bois. Il est de la plus grande importance que tu apportes la somme en question, nous avons une intrigue ténébreuse à déjouer; demain, sans la découverte que j'ai faite, ils enlevaient Elena ! ! !...... »

Fernando jeta vivement les yeux sur sa pendule, il n'était pas trois heures, et les jours étaient forts longs. Combien la nuit devait tarder à son impatience ! Cependant, le comte pouvait rentrer à chaque instant, le retenir, et lui faire manquer ce rendez-vous important. Il prit sur-le-champ son parti. Des cent mille réaux promis à Perez, une partie était en or et fut disposée dans une ceinture nouée autour de ses reins. Le reste consistait en billets des meilleures maisons de Valence sur le commerce de Madrid; il les emporta dans un portefeuille, et sortit en prescrivant à Paco d'être attentif au moment où tout le monde dormirait la sieste pour s'échapper de la maison sans

bruit et monté sur un cheval de suite ;
il lui recommanda de prendre le chemin
de la Alameda, route opposée à celle de
Saint-Ildefonse et de s'avancer de ce côté
à un quart de lieue de la ville au-delà de
la manufacture de papier, qui est à l'extrémité de la promenade. Cette partie des
environs de Ségovie est sauvage et héris-
sée de roches. A l'heure qu'il indiquait à
Paco, Fernando, dans cette saison, était
bien assuré de n'y rencontrer personne.
Il s'y rendit à pied, malgré la chaleur de
la journée. Presque tout goûtait déjà dans
la ville les douceurs du sommeil ; les travaux de la campagne étaient suspendus,
et les animaux eux-mêmes participaient
à cet engourdissement général. Le silence
qui régnait autour de lui n'était interrompu que par le chant de la cigale et le
bourdonnement des insectes.

En descendant à la Alameda, Fernando
remarqua que toutes les petites fenêtres
du couvent des Recollets étaient soigneusement fermées. Les bons pères dor-

maient, on dormait aussi dans l'hôtel de
la Monnaie, à côté de là ; plus loin ,
même torpeur dans les vergers environnans et dans la manufacture de papier; il
ne vit pas un être vivant.

Cependant, à l'hôtel de Mansilla , on
desservait la table des domestiques du rang
supérieur ; les cameristes de la comtesse
s'étaient déjà retirées ; et tandis que le
maître-d'hôtel , le chef , l'officier , le cou-
reur et les valets-de-chambre détachaient
négligemment leurs cols , et dénouaient
leurs jarretières , les servantes s'empres-
saient partout à préparer les lits , dont
on se contente le matin de rouler les matelas, et qu'on ne fait jamais que le soir
en Espagne. Elles les étendaient alors ,
mais sans y mettre de draps, et plaçaient
à la tête des oreillers de fine toile de
Flandres; puis elles fermèrent herméti-
quement les volets épais des fenêtres
garnies de rideaux en dehors , pour
amortir les rayons du soleil. Toutes ces
dispositions faites, leurs seigneuries allè-

rent s'étendre mollement et digérer au
frais en sommeillant. Les servantes des-
cendirent prendre place à la seconde table, avec les valets de pied et les autres
gens de livrée, servis par les marmitons.
Cet autre repas fini, ceux-ci allèrent dor-
mir à leur tour; enfin les valets des valets
furent, bientôt après, repus et couchés
comme les autres. Alors seulement Paco
put seller son cheval et sortir sans être
remarqué. Il trouva son maître, séchant
d'impatience au rendez-vous, et mal
abrité contre les dards enflammés du
soleil par un petit buisson. A peine l'eut-
il rejoint, que Fernando sautant légèrement sur le cheval dont Paco venait de
descendre, il le congédia en lui recom-
mandant de ne rien dire. Puis s'avançant
vers le sud de la ville, il gagna un des
lavoirs qu'un peu d'ombrage fait distinguer de ce côté. Il s'y arrêta quelque
temps pour ne pas trop devancer l'heure
que Perez lui avait assignée; mais, in-
capable de maîtriser jusque là son in-

quiétude, dès qu'il jugea le cheval assez
reposé, il traversa au galop la plaine où
le roi avait chassé la veille, et se rendit
au lieu si clairement indiqué par la
lettre de Perez.

Il ne l'y trouva point. Le soleil brillait
encore très-haut sur l'horizon, et il vit
avec étonnement ses rayons réfléchis sur
la crête des montagnes par des armes
étincelantes. Fernando ne connaissait
pas de routes de ces côtés, ni même de
passages praticables; il supposa que les
garde-chasses y poursuivaient des bra-
conniers, et il n'attacha pas d'autre importance à cette remarque. Au bout de
plus d'une heure, passée à méditer assis
sur une roche à côté de son cheval, lié
près de là aux branches d'un chêne, le
jeune homme, dévoré d'impatience, jeta
de nouveau des regards inquiets autour
de lui. Il vit, du même côté, des hommes
se glisser à travers les rochers, et s'arrêter
tout-à-coup dès qu'ils l'eurent aperçu.
D'autres plus loin élevaient de temps en

temps leur tête au-dessus des blocs de
pierres dont cet endroit est semé, et se
cachaient ensuite précipitamment. Il ne
savait que penser de cette singularité,
quand il aperçut enfin Perez accourant
du côté opposé; il s'avançait avec précaution, et, pour mieux cacher sa marche, il choisissait les profondeurs qu'of-
fraient les inégalités du terrain.

Perez était fort agité. Il reprocha d'a-
bord à Fernando d'être venu si tôt avant
l'heure convenue, et d'avoir peut-être
compromis leurs intérêts communs par
sa précipitation. — Il est temps d'agir,
ajouta-t-il avec chaleur, et nous n'avons
par un moment à perdre; tu n'as pas vu
don Matias de la journée? — Non, répondit le jeune homme avec inquiétude.
— Je le crois, reprit Perez, il est depuis
ce matin enfermé avec ton père, ta mère,
la marquise de Canizarès, et l'évêque
au palais épiscopal, où ton sort se dé-
cide. On y dresse ton contrat de mariage
avec Matilda. Tu dois signer demain

cet acte et marcher ensuite à l'autel. Les
ordres sont donnés à ta paroisse pour te
marier immédiatement. En cas de refus
ton logement est prêt à la tour. Pour
moi je pars cette nuit.

« Oh ciel ! s'écria Fernando, tout est-
il donc perdu sans ressource ? n'as tu
rien à opposer à ce coup terrible ? tu par-
lais d'un projet.....

— « Il n'y faut plus penser ; tiens, lis
ce billet. » Fernando le reçut en tremblant
et l'ouvrit sur-le-champ. Il était de don
Juan, et daté du palais, à midi ; il s'adressait dans ces termes à Perez : « Tous les
« renseignemens que je t'ai donnés sont
« exacts. Le corrégidor de Ségovie à reçu
« des ordres à minuit. Tout se dispose
« pour l'exécution, à ce soir les détails.
« Mets l'avis à profit. »

— « Eh bien, dit Fernando avec
anxiété ? — Eh bien, répondit Perez,
il s'agit d'Elena, qu'on livre ainsi que
sa mère au ressentiment de ton orgueil-
leuse famille. Et j'en serai moi-même la

victime pour avoir essayé de te servir.
Si tu veux donc que je puisse maintenant
te donner de nouveaux secours, il faut
songer avant tout à me mettre à l'abri de
la fureur des ennemis que je me suis attirés
pour t'obliger. — C'est juste ; parle, que
veux-tu de moi? — Écoute, reprit Perez,
j'ai fait venir ici plusieurs paquets que
don Juan s'était chargé de m'apporter de
Madrid parmi ses effets. Pedro va bientôt
paraître sur la route d'Otéro avec son
chariot d'orge, qu'il accompagne monté
sur une mule. Il doit s'arrêter à l'em-
branchement des deux chemins à quelques
cents pas d'ici, et comme il importe que
je ne sois pas vu, tu iras lui dire de ren-
voyer le voiturier sur sa mule à Otéro
sous le premier prétexte venu ; alors nous
pourrons charger mes paquets dans la
voiture..... fais bien attention, car ceci
est d'un grand intérêt pour moi : tous ces
effets réunis à ceux qui sont dans ma
chambre au parador, y resteront une
partie de la nuit ; à une heure précise...

Perez s'interrompit tout-à-coup en découvrant le charriot sur le grand chemin : regarde, dit-il, voilà nos gens. Sors de cet endroit afin de te trouver sur leur passage comme par hazard, pendant ce temps, je vais faire apporter jusqu'ici mes effets. —J'aperçois là-bas mes hommes répondre au signal convenu. — En effet, dit Fernando, j'ai vu du monde de ce côté. — Ce sont eux-mêmes, répliqua Perez, va, ne perds pas de temps. Avant tout, rassure-moi sur un point capital, as-tu apporté les fonds ?

Fernando lui répondit affirmativement, et regagnant à pied la route, il y arriva en même temps que le charriot.

« Eh ! s'écria Pedro d'un air de grande surprise, c'est vous seigneur don Fernando ; arrête donc, dit-il au voiturier ne vois-tu pas le seigneur don Fernando de Mansilla ? — A quoi bon me nommer ? lui demanda tout bas le jeune homme. —Eh! qu'importe, répondit Pedro tout haut, ce garçon connaît bien

votre seigneurie ; n'est-il pas vrai, petit,
que tu sais bien que c'est là le seigneur...
— Assez, bavard, interrompit Fernando
plus bas encore ; renvoie cet homme sur
ta mule à Otéro, trouve une raison
bonne ou mauvaise. — Ah Jésus! s'écria
Pedro en se frappant le front et comme
s'il lui venait tout-à-coup une idée;
prends ma mule, Melchor, et cours d'un
temps de galop jusqu'au village, tu cher-
cheras, sous le coffre chez l'alcade, ma
ceinture que j'avais ôtée pour être plus
libre à charger ces sacs. Tu dois y trouver une pièce d'or et trois piastres, va
mon petit Melchor. Et quant à la rencontre que nous faisons ici du seigneur
Fernando de Mansilla...—Allons, allons,
dit Fernando, cessons ce langage inutile.
— Laissez-moi faire, dit Melchor, avec
une mine qu'il voulait rendre fine, je vois
bien qu'il y a quelque chose là-dessous
et je ne parlerai pas; à ces mots il partit
au trot de la mule. — Il faut convenir,
dit Fernando, que tu as pris tous les

moyens possibles de faire jaser cet imbé-
cille dans le village. — Que voulez-vous,
répondit Pedro, je suis un homme simple et sans finesse.

Le charratier avait disparu dans l'éloignement, et Perez survenant s'enquit du
sujet de la querelle que Fernando faisait
à Pedro. Celui-ci raconta la scène à Perez
qui le gronda de sa maladresse, mais
sans déguiser la joie que lui faisait ce récit qu'il tourna en plaisanterie. Pendant
ce colloque, quelques hommes absolument inconnus à Fernando, et d'une
figure extraordinaire, apportaient de
derrière les roches, un grand nombre
de paquets peu volumineux.

— Allons, dit Perez, mettons tous la
main à l'œuvre. Fernando impatient de
voir finir cette opération, obéit au com-
mandement de Perez, et chargea comme
les autres les effets dans le charriot. Pedro les y recevait, et déliant à mesure
les sacs d'orge, il enfonçait les paquets
dans le grain; ce qui ne put pas y trouver

place fut enfoui sous la fougère sèche qui
remplissait le fond de la voiture. Tout
fut bientôt disposé, et les inconnus ren-
trèrent dans le bois.—Eh bien, demanda
Fernando, dis-nous un peu Pedro ce
qui se passe à Otéro ? — Rien de bon,
répondit-il, Dona Isabel et sa fille, doivent partir demain au soir pour Madrid
dans une voiture de l'évêque. On les conduit au couvent de Las Delcalzas Réales
dont l'abbesse est une sœur de la marquise
de Canizarès. La femme de l'alcade m'a
assuré qu'elle a vu l'ordre qui est arrivé
ce soir, et ces dames lui ont dit qu'elles
obéiraient. En conséquence, le curé est
allé porter leur réponse à la ville où il
doit passer la nuit, et demain il revient
avec la voiture de son Excellence. C'est
lui qui doit conduire les dames à Madrid
et les présenter à l'abbesse dont il est
connu personnellement.

Pendant tout ce récit, Fernando, plus
mort que vif, tenait les yeux attachés sur
Perez, qui de son côté paraissait cons-

terné. — Je te l'avais bien dit, s'écria-t-il ; cependant je ne croyais pas encore l'exécution si prompte , et je pensais qu'on attendrait du moins que tu te fusses formellement refusé à l'hymen de Matilda. Mon dessein était de te proposer de promettre tout, en demandant du temps. Nous aurions pu, de cette façon, combiner un plan , assurer les moyens de sortir de ce pas difficile ; mais cette funeste précipitation !... Cependant, Pedro , es-tu bien assuré que le départ s'effectue demain ?

— « Seigneur , répondit Pedro , vous pouvez en être assuré comme de la gloire du ciel , si vous mourez repentant. Dona Isabel, qui n'a pas eu satisfaction de sa neuvaine à la vierge de Nieva , en a fait commencer une hier même , à la vierge de Los Dolores , à l'autel privilégié de la chapelle de la Fonda San-Rafaël. Aussi dès ce soir, à quatre heures, elle s'est sentie déjà beaucoup mieux , et dame Beatrix , la gouvernante de dona Isabel,

est venue chercher la femme de l'alcade
pour qu'elle puisse déposer de ce mira-
cle, car c'en est un véritable. Il a été
convenu que demain en allant entendre
la seconde messe à la Fonda, Elena
porterait trois livres de cierges pour
brûler devant l'image de la Vierge à laquelle on dira une autre neuvaine ; de
cette façon, tout-à-fait tranquille sur sa
santé, dona Isabel a sur-le-champ tout
fait disposer pour son départ.

— « Attends, attends, dit Perez de
l'air d'un homme qui vient de saisir une
idée ; ne dis-tu pas, Pedro que Elena va
demain à la Fonda San-Rafaël ?

— « Oui, sans doute ; et Carlito, le
fils de la veuve Munos qui loue ses deux
bourriques pour Elena et la petite Pepita, Carlito lui-même m'a dit qu'elles
partiraient comme ce matin à quatre
heures, pour être de retour avant la
grande chaleur.

— « A quatre heures ! reprit Perez du
même ton ; il y a près de deux heures de

route, et pas une seule habitation de ces côtés !.... »

Fernando , comme suspendu aux lèvres de son ami, dévorait chaque mot avec ardeur ; on eût dit que le destin de sa vie dépendait de l'oracle qu'il attendait en tremblant... « Eh bien ! » lui dit-il , pour provoquer la conclusion de cette phrase interrompue.

— « Eh bien ! répondit Perez avec chaleur, consulte-toi. Te sens - tu capable d'une grande résolution , d'une idée forte et hardie? Veux - tu décidément être heureux par la possession de celle que tu adores , ou bien aimes-tu mieux, victime de la tyrannie d'un père ambitieux, ployer honteusement la tête sous le joug qu'on veut t'imposer , et passer tes jours dans l'amertume et les regrets, tandis que l'objet d'un amour si passionné, cette fille accomplie qui partage tous les sentimens, ira mourir de désespoir au fond d'un cloître d'où jamais la froide cruauté de don Matias et la jalouse fureur de la marquise ne la laisseront sortir?

— « L'infortunée! s'écria Fernando éperdu; non, non, cette idée me déchire : que je sois seul malheureux, s'il faut une victime à leur rage.

— « Il faut, reprit Perez, que vous soyez heureux ensemble ou la même infortune vous accablera tous les deux. Mais, décide-toi promptement, demain il ne serait plus temps, je serai loin, rien ne pourra soustraire Elena au sort qu'ils lui préparent; ils l'emprisonneront dans le couvent de Las Descalzas.

— « Jamais. Je ne le souffrirai pas.

— « Tu seras à la Tour. — Ah! que don Matias m'a indignement trompé! — C'est un homme affreux; mais hâte toi de prendre un parti. — Que faire ô ciel? — Veux-tu te sauver de leurs mains? es-tu déterminé à l'épouser? — Peux-tu me le demander? — Prends garde, il s'agit, je te le répète d'une résolution forte et sur-tout hasardeuse. —

Rien ne m'arrêtera, parle, que faut-il faire ? — L'enlever. — Et comment ? — C'est mon affaire ; prononce sur-le-champ. Je puis tout avec beaucoup d'argent. — Tiens, tiens, s'écria Fernando en détachant sa ceinture avec précipitation, voici de l'or. Prends aussi ce portefeuille, il contient une somme beaucoup plus forte en billets payables au porteur, mais par pitié dis - moi ton projet. — Il est tout simple et les événemens nous servent à souhait. Don Juan, dont l'amitié pour moi s'accroît en proportion de la haine de Matias, a mis à ma disposition pour échapper à cet ennemi puissant le carosse à six mules qui vient de l'amener de Madrid, ainsi que le relai, qui l'attend pour le retour à la Fonda San Rafaël. Je partirai de Saint - Ildefonse avec une mission pour le duc son frère demain à trois heures du matin, de manière à me trouver à quatre en avant d'Otéro. Je t'emmène avec moi, nous rencontrerons Eléna cheminant vers la Fonda. Nous la ferons monter avec nous de gré ou de force. Arrivés à San-Rafaël au lieu de prendre le chemin de la montagne, nous tournerons à droite et nous suivrons la route de Villacastin où nous pourrons être rendus avant huit heures. Là, j'ai un parent curé de paroisse ; je lui dépêcherai cette nuit un courrier afin que tout soit prêt au moment de notre arrivée pour célébrer ton mariage avec Eléna. Ce pas franchi..... Mais, ne poussons pas plus loin nos projets en ce moment, et quant à la réussite de cette première partie de mon plan, je t'en réponds sur ma tête. »

Fernando le serra dans ses bras avec transport ; tu me rends la vie, lui dit-il, tu me sauves du plus grand des malheurs, je te dois tout.

— « Mettons le temps à profit, reprit Perez, et ne le perdons pas en verbiage. Promets-moi d'exécuter avec une

scrupuleuse exactitude ce que je vais te
prescrire pour concourir au succès de
notre affaire.

— « Je te le jure, tes moindres volontés sont ma loi.

— « Il le faut absolument, Fernando,
car tout s'enchaîne dans ce plan que je te
développerai plus tard. Ecoute donc :
évite de voir ton père ce soir, enferme-
toi en rentrant ; si l'on te vient demander de sa part, réponds que tu es maintenant soumis à toutes ses volontés, et
que demain tu te rendras à ses ordres,
mais que tu souffres et que tu es au lit.

— « Je te le promets ; après ?

— « Suis-moi avec attention, ceci ne
regarde que mes intérêts à la vérité, mais
je me flatte que tu ne les sépare pas des
tiens.

— « Parle sans préambule, je te suis
dévoué à la vie et à la mort.

— « Eh bien ! voici ce que j'exige de
ton amitié : aussitôt que rassurés sur tes
intentions, le comte et ta mère qui se

retirent de bonne heure seront tous deux
couchés , tu sortiras de l'hôtel avec Paco
et un autre domestique à la livrée de ta
maison ; tu les amèneras sous la fenêtre
de ma chambre au parador. Vous y trouverez Pedro; moi , je serai sur le balcon.
De là , je vous jetterai successivement
tous mes effets , et tes gens les porteront
dans l'hôtel de Mansilla. En cas de mauvaises rencontres , ils répondront qu'ils
appartiennent au comte et qu'ils trans-
portent des tentures destinées à la déco-
ration de l'hôtel pour les fêtes de ton mariage, la livrée fera foi de la vérité de cette
déclaration. Aussitôt que l'opération du
transport sera terminée, tu mettras à part
les paquets dont les numéros sont indiqués sur la liste que je te remets , et tu
les donneras en garde à Paco. Demain ,
les pères Fray Domingo et Fray Antonio
capucins du grand couvent viendront
le demander sous prétexte d'aumônes à
recevoir. Ce sera vers huit heures du matin , il les introduira dans ta chambre, et

leur livrera ces paquets qu'ils emporte-
ront sous leurs robes. Les pères sont déjà
prévenus. Ils régleront avec Paco le
moyen de faire transporter le reste au
couvent.

Pour toi, aussitôt que tu auras bien ex-
pliqué cette affaire à Paco, tu viendras
me joindre au pied de l'aquéduc du côté
de la place del Azoquéjo ; Pedro nous
attendra avec trois mules, repose-toi sur
moi de la conduite de ce qui reste à faire.

En ce moment la nuit commençait à
tomber et ils furent avertis de l'approche
du voiturier par le bruit des grelots de sa
mule. Ils se séparèrent en se promettant
d'exécuter avec fidélité, chacun de leur
côté, tous les articles du traité qu'ils venaient de conclure.

CHAPITRE VI.

L'avarice leur sert de guide,
La malice au souris perfide,
L'imposture aux yeux effrontés,
De l'enfer filles inflexibles,
Secouant leurs flambeaux terribles,
Marchent sans ordre à ses côtés.

J. B. Rousseau.

Déja le jour grandissait ; un vent
froid et piquant du *sud-est*, descendu
des montagnes, glaçait la plaine d'O-
téro, et annonçait le soleil prêt à se
montrer derrière les hauteurs échan-
crées de *los siete picos*. Elena et sa
petite compagne Pépita, la fille de
de dame Béatrix, toutes deux commodément assises sur leurs modestes mon-
tures, et sous la garde de Carlito, che-
minaient doucement vers la Fonda San-
Rafaël. La caravane venait de perdre
de vue le clocher d'Otéro ; Elena, en
jetant les yeux sur la plaine qui s'é-

tend au nord , à droite du chemin
qu'ils suivaient, s'étonna de voir de
ce côté, au milieu des champs, marcher dans une direction qui lui parut
sans but, une vingtaine de grandes
mules chargées lourdement, et accom-
pagnées par un grand nombre d'hommes à cheval. Tout ce monde était
déjà fort éloigné, mais on pouvait
distinguer à la forme de leurs vêtemens et surtout à leurs grands chapeaux
ronds, qu'ils n'étaient pas militaires.
Ils faisaient beaucoup de diligence. On
voyait en avant et des deux côtés de
ce convoi un ou deux cavaliers, occuper
en védettes les points les plus élevés
de la plaine; et sitôt que le gros des
gens les avaient dépassés, ils couraient
au grand galop s'établir sur une autre
éminence en suivant la même ligne,
et ils y restaient en observation pendant
quelques momens.

Elena cherchait à se rendre compte
de cette nouveauté, quand la route en

6.

circulant autour d'une colline , lui déroba le spectacle qui l'avait surprise et
la rapprocha des montagnes. Une troupe
de cavaliers vêtus comme ceux de la
plaine, en descendaient en ce moment, en
se frayant une route à travers les roches
et les arbres , et s'avançaient vers les
petites voyageuses... Elles distinguaient
clairement de longs sabres qui pendaient
à leurs côtés , et leurs ceintures chargées de pistolets et de poignards. Les
deux jeunes filles saisies d'effroi , arrê-
tèrent en même temps leurs ânesses ,
et Carlito se plaça machinalement derrière elles. Elena honteuse de sa peur ,
et s'efforçant de la surmonter , expliqua
à Pépita qui ne lui demandait rien ,
que ces gens étaient sans doute des
gardes de la forêt. Elle balbutia quelques mots , mais la terreur glaça bientôt sa langue. Les vilains hommes ap-
prochaient toujours, et semblaient gran-
dir en avançant ; leurs visages basanés ,
hérissés d'une barbe épaisse étaient om-

bragés par les bords de leurs vastes
chapeaux ronds, assujétis par des cordes
nouées sous leurs mentons. Ils montaient
de grands chevaux dont les selles étroites
et exhaussées, donnaient aux cavaliers
un air gigantesque. Des vêtemens sales
et déchirés, des manteaux couleur de
terre, composés de pièces et de morceaux, enfin les formidables espingoles
qu'ils portaient en bandoulière, ajou-
taient encore à l'impression de terreur
qu'on éprouvait à leur aspect. Ils mar-
chaient en désordre, et leurs sabres re-
tentissaient sur les sabots de bois qui
leur servaient d'étriers.

— « Pied à terre, petites, leur dit
d'une voix rude celui dont la figure
était la plus horrible. Dépêchons, nous
n'avons pas de temps à perdre.... M'entendez-vous? continua-t-il d'un air furieux, en voyant que les pauvres enfans
tremblaient comme la feuille et restaient
pétrifiées ; allons camarades, jetons-les

par terre, chargeons vite ces bourriques
et suivons notre chemin. »

Il n'avait pas achevé, que l'ordre était
exécuté, du moins quant à la première
partie. Ces hommes grossiers saisissant
rudement les jeunes filles, les avaient
forcées de descendre, et toutes deux se
pressant contre Carlito, ils formaient
ensemble un groupe dont le volume
n'excédait pas celui du moindre de leurs
oppresseurs. Leur tremblement, la pâleur de ces trois jolis visages jointe à l'altération de leurs traits, attestaient assez
le trouble de ces âmes innocentes, et la
question que leur adressa l'un de ces
barbares, était bien superflue : « Est-ce
que vous avez peur ? »

«Non, non, seigneur,» répondit Élena;
et pourtant ses dents s'entre-choquaient,
et une sueur froide inondait son front,
mais bien certainement la pauvre fille ne
doit pas compte au ciel de ce mensonge,
car elle était hors d'état de comprendre
ce qu'elle disait.

« Tant mieux, reprit le même cavalier, en se hâtant de lier sur le dos des ânesses plusieurs paquets dont il déchargeait son cheval ; tant mieux, mes belles petites, car il faut que vous nous suiviez.

— « Allons, dit le premier à Carlito, allons, mon garçon prends le licou de tes ânesses et marche au milieu de nos gens ; Thomas et Miguel prendront les filles en croupe, leurs chevaux sont forts.

— « Pas si forts, répondit Miguel, qu'avons-nous besoin de nous embarrasser de cette marmaille ?

— « Faites ce que j'ordonne, reprit le premier d'une voix terrible, voulez-vous que ces enfans restent là, pour indiquer notre marche ? allons, chargez-les tout à l'heure.

— « Nos bons seigneurs, s'écrièrent-elles, toutes deux à la fois en se jetant à genoux et en répandant un torrent de larmes, seigneurs, ayez pitié de nous ! Ma mère en mourra de douleur, ajouta

Elena, vous ne voudriez pas tuer ma bonne mère ? » Au même instant un des hommes qui observait à quelque distance s'avança au galop, vers le chef de ces bandits. — « Pépillo, lui dit-il, une voiture du côté de Saint-Ildefonse.

— « Mille démons ! cria Pépillo, entraîne-les, et rentrons dans les gorges de la montagne. »

Elena, sans prendre garde aux menaces de Pépillo, et toujours à genoux poussait des cris lamentables et tendait les mains vers le carosse qu'on commençait à découvrir et qui s'avançait au grand galop de six mules. Quoiqu'il fut encore loin, elle distingua un mouchoir blanc que l'on agitait à l'une des portières. Cette vue lui rendit le courage, mais elle produisit sur ses persécuteurs un effet tout semblable et qu'elle était fort loin d'attendre. Pépillo, qui déjà se baissait pour lui saisir le bras, se releva tout-à-coup et tirant son mouchoir, il répondit au signal.

— « Maudit soit l'homme ! dit-il avec calme ; je le croyais dans son mauvais cabriolet. Qui diable l'eût attendu en pareil équipage ? mais de peur de surprise, alerte, mes enfans ! que l'un de vous galope jusque sur cette colline et s'assure qu'il ne vient personne à la suite du carosse. Toi, Diego, éclaire un peu cet autre côté. »

Cependant, la voiture venait de disparaître derrière une éminence ; un moment après, elle se montra déjà beaucoup plus rapprochée, puis, à deux cents pas de nos gens, et en un clin d'œil, elle vint enfin s'arrêter devant eux. Un jeune homme ouvrant rapidement la portière, s'élança vers Elena qui se releva en poussant un cri de joie et vola vers lui ; tandis que son compagnon de voyage courut à Pépillo qui lui tendit la main, et sans descendre de cheval, il s'inclina vers le nouveau venu. Tous deux s'entretinrent quelque temps d'un ton fort animé. Elena ne s'était pas fait prier pour monter dans la voiture, elle s'y était précipitée machinalement, et Pépita l'avait suivie. Ce n'est qu'alors que, toutes ses forces l'abandonnant, elle tomba évanouie dans les bras de Fernando.

Perez ne tarda pas à les rejoindre, il remonta près d'eux et le carosse poursuivit sa route au grand galop. Pedro, seul conducteur du vigoureux attelage, placé entre les deux mules de devant et les tenant par la bride, était comme assis sur une sangle qui passant de l'une à l'autre mule, le soutenait et l'entraînait de toute leur vitesse. En courant, il les animait de la voix à sa manière et les interpellait toutes six, en les nommant successivement, et en leur distribuant avec équité la louange ou le blâme selon l'occurrence. Toutes faisaient leur devoir, le carosse volait. Le mouvement eut bientôt fait revenir Elena de son évanouissement.

«Où suis-je? demanda-t-elle à Fernando, en se dégageant de ses bras; me

conduisez-vous à ma mère ? — Calmez-
vous, lui répondit-il avec tous les signes du trouble le plus violent.

— « Que s'est-il donc passé ? reprit-
elle. Qui sont ces hommes affreux ? par
quel hazard vous êtes-vous trouvés là, si
à propos pour nous sauver, pour nous
arracher de leurs mains ? Mais, comment
avez - vous pu leur échapper vous-
mêmes ?

Pépita, qui dépêchait son rosaire en
pleurant dans l'autre coin de la voiture,
lui dit en se signant : Jésus, Jésus, segnorita ! n'avez-vous pas vu qu'ils sont
de leur connaissance, et qu'ils causaient
ensemble de bonne amitié ?

Les yeux d'Elena se portèrent tout-à-
coup avec anxiété sur Fernando ; lui-
même regarda Perez de l'air du plus
grand étonnement, en assurant que jamais il n'avait vu ces hommes de sa vie,
et qu'il ne comprenait rien à cette étran-
ge aventure. Le regard et le ton de Fernando semblaient interroger Perez, qui

I. 7

ne paraissant pas y prendre garde continua d'allumer son cigare et se mit à fumer sans regarder rien ni personne. Il
tira sa montre et dit nonchalamment,
comme en se parlant à lui-même :

— « De ce train-là nous serons à la
Fonda dans un quart-d'heure.

— « Comment, à la Fonda ! s'écria
la jeune fille ; ne me reconduisez - vous
pas à ma mère ?

— « Soyez tranquille, répondit Perez,
on ne vous veut que du bien, et ce soir
vous reverrez votre mère ; mais il n'y a
pas moyen de repasser par ces chemins
en ce moment, ils ne sont pas sûrs. Lais-
sez-vous conduire.

— « Oui seigneur, oui, je suis tranquille, dit Elena toute tremblante,
mais vous me laisserez à la Fonda avec
Pépita ?

Fernando lui prit les deux mains
qu'elle avait jointes en s'adressant à lui
d'un ton suppliant : « Elena, lui dit-il,
confiez-vous à moi, je ne veux que votre

bonheur ; il n'est pas possible que nous nous arrêtions à la Fonda plus de temps qu'il n'en faut pour changer de mules, et je ne vous laisserai pas dans cet endroit désert sans secours et sans protection.

— « Où voulez - vous donc me conduire ? que prétendez-vous faire ?

— « Vous le saurez, mais au nom du ciel ne vous laissez pas voir à la Fonda.

— « Eh ! pourquoi ? pourquoi, seigneur Fernando, vous me faites mourir d'inquiétude et d'effroi ?

— « Elena, notre sort dépend de cette précaution, nous ne devons rester là qu'un moment ; tout est perdu si l'on vous aperçoit.

— « Non, non, je n'irai pas plus loin, non, seigneur, ajouta-t-elle en se jetant à genoux dans la voiture. Perez la releva durement et la força de se rasseoir. — Quelle enfance ! dit-il, allons, soyez raisonnable et ne faites pas tant de bruit, nous voici tout à l'heure arrivés, et si l'on vous entend, vous allez tout gâter.

Taisez--vous encore une fois, on ne vous veut pas de mal, bien au contraire.

— « Elena, le pourriez-vous craindre? poursuivit Fernando vivement, n'êtes-vous pas avec moi et ne savez-vous pas que je vous respecte autant que je vous aime? Calmez-vous, un prêtre nous attend à Villa-Castin, il bénira notre union....

— « Non, non Fernando, ne l'espérez pas. Jamais, sans la présence de ma mère; laissez-moi descendre à l'instant, continua-t-elle avec une nouvelle force à la vue du clocher de la chapelle; je ne veux pas aller plus loin. Les efforts, les supplications de Fernando, les menaces de Perez, rien n'eut le pouvoir d'imposer à la jeune fille. Au moment où la voiture s'arrêta, elle jeta de grands cris auxquels Pépita répondit avec tant de violence qu'en un clin d'œil le carosse fut entouré, et les deux portières s'ouvrirent à la fois. Fernando pâlit à l'aspect d'un grand nombre de soldats des gardes

wallones ; Elena rassurée au contraire
imposa silence à Pépita pour faire entendre ses plaintes aux militaires. —
Taisez-vous toutes deux, leur dit Perez
d'un ton menaçant ; enfans, continua-t-
il en s'adressant aux soldats, c'est ma
sœur que je reconduis à Medina del
Campo....

— « C'est faux, il ment, crièrent à la
fois les jeunes filles. — Paix ! reprit Perez,
d'une voix plus forte. Voyez un peu cette
rebelle qui méconnaît son frère et qui ose
lui résister ! Tenez, camarades, dit-il aux
soldats, prenez cette once d'or, buvez à
la santé du roi et ne vous opposez pas à
l'exécution de ses ordres.

Grand merci, seigneur, répondit le
sergent en acceptant ; que Votre Excellence commande à ses serviteurs. — Bien,
enfans, refermez ces portières, faites
hâter les garçons et qu'on attelle mes
mules.

A ces mots les cris recommencèrent
avec plus de violence, mais tranquille

sur les dispositions des soldats dont la présence inopinée l'avait d'abord effrayé, Perez se rassurait en pensant que cet endroit n'a pas d'autres habitans que ceux de l'auberge isolée qui lui donne son nom. C'est là que les routes de Valladolid et de Ségovie à Madrid se réunissent au pied du Guadarrama ; une grande chapelle d'une jolie architecture, élevée en face de la Fonda, est destinée à l'usage des voyageurs et de quelques familles de charbonniers, éparses dans un petit nombre de cabanes sur les flancs de la montagne. Le prêtre qui desservait alors cette chapelle logeait dans l'une des chambres de l'auberge, et s'habillait en ce moment pour aller célébrer la messe de la neuvaine commencée la veille pour Elena. Les cris qu'il entendit ayant excité son attention, il sortit en toute hâte et arriva près de la voiture, à l'instant où Pedro l'ébranlait déjà, prêt à mettre au galop son attelage. Il reconnut Elena ; le bon vieillard se plaçant rapidement à la tête

des mules, mêla ses cris à ceux des
jeunes filles en appelant l'hôte, l'hôtesse
et les garçons. Ils accoururent à sa voix
et retinrent Pedro ; il s'empressa d'aller
ouvrir une des portières ; Elena s'élança
dehors avec force au risque de se tuer.
Elle vint tomber aux pieds de l'hôtesse
en implorant sa protection et celle du
chapelain ; dans son trouble, elle leur
baisait les mains qu'elle arrosait de ses
larmes : mon père, Segnora, disait-elle
en pressant leurs genoux, défendez-nous,
ne souffrez pas qu'on nous arrache d'ici.
— Laissez-moi, criait Pépita de son
côté, en luttant contre Perez, au secours
Segnora, tirez-moi d'ici, on veut nous
enlever, ils ont donné de l'argent aux
soldats pour les empêcher de nous défendre. — Aux soldats ! dit d'une voix
élevée un officier qui parut tout-à-
coup ; que dites-vous des soldats, jeune
fille ? Pepita interpellée fit un nouvel effort pour s'échapper des bras de Perez,
et sautant à terre elle courut se jeter dans

ceux de l'officier en lui disant : «seigneur ces gens nous ont arrêtées sur la route, la Segnorita et moi, ils veulent nous entraîner toutes deux nous ne savons où ; défendez-nous, seigneur officier, nous ne voulons pas aller plus loin.

Un enlèvement! dit l'officier d'un ton sévère à Perez. Cependant Fernando restait comme pétrifié au fond de la voiture. Perez en descendit d'un air dégagé et s'avançant vers l'officier, avec le front le plus calme, il le pria de s'éloigner avec lui de quelques pas. Seigneur, lui dit-il, vous allez comprendre les raisons que j'ai d'éviter une explication devant tout ce monde. Cette jeune fille est ma sœur. — N'en croyez pas un mot, cria Élena, écoutez-moi, je vous conjure..

L'officier lui fit signe de la main de se taire et prêta la plus grande attention aux paroles du fourbe; oui, continua Perez en feignant d'essuyer quelques larmes, la nécessité de vous révéler la honte de ma famille ajoute encore aux

maux dont je suis accablé, ... la conduite imprudente d'une fille abusée.....
souffrez que je vous taise mon nom,
mais les armes qui décorent cette voiture
et cette couronne de duc, vous disent
assez à quelle classe nous appartenons.
Seigneur officier, continua-t-il; en lui
serrant affectueusement les mains vous
voyez un malheureux frère au désespoir,
dispensez-moi de vous en dire davantage. — J'entends, répondit le militaire
en se rapprochant du groupe, que votre
seigneurie continue tranquillement sa
route, ce n'est pas pour troubler les
honnêtes gens que nous sommes venus
ici. — Seigneur officier, s'écria Elena du
ton le plus véhément, cet homme vous
trompe effrontément, je ne le connais
pas, je suis une pauvre fille d'Otéro,
et connue du seigneur chapelain qui
sait ce qui m'amène ici. — C'est la vérité, dit l'ecclésiastique. — Qui le nie?
reprit Perez; eh bien oui, puisqu'on me
force à le déclarer tout haut, ma sœur

est venue ici hier pour commander une neuvaine à la vierge de los Dolores, dans l'intention d'obtenir le retour à la santé de notre mère dona Isabel de Aguilar. Elena, vous devriez rougir de m'obliger à donner tant d'explications. — Tout cela est exact, dit le chapelain, c'est bien là son nom et celui de sa mère. — Et le mien aussi mon père, continua Perez avec assurance. Allons, Segnorita, remontez dans la voiture sans vous faire prier davantage, ou ces honnêtes seigneurs vont me prêter leur aide pour vous y contraindre.

Cependant l'hôtesse ayant remarqué dans la foule quelques paysans d'Otero qui revenaient de charger du charbon dans la montagne, et qui regagnaient leur village, elle les fit approcher; ils déclarèrent unanimement qu'ils ne connaissaient pas de frère à Elena. Pepita, profitant alors de l'hésitation de l'officier, parla de la rencontre qu'elles avaient faite sur la route de gens de mauvaise mine, armés jusques aux dents, et avec lesquels Perez s'était entretenu d'un air d'intelligence. L'officier parut frappé de cette circonstance, et tandis qu'il se la faisait répéter, l'intrigant malgré toute son effronterie laissa voir quelque trouble. Le militaire concevant alors quelques soupçons refusa d'entendre sa justification, et pria Fernando de descendre de la voiture et de le suivre avec son compagnon jusqu'à la Fonda. Ils obéirent tous deux sans répliquer. Mais à peine furent-ils entrés dans une chambre que Fernando s'adressant avec hauteur à l'officier : — Quel est votre dessein, lui dit-il? je suis le fils du comte de Mansilla, et vous n'avez pas le droit de m'arrêter.

— « Tout ce qui vous plaira, répondit l'officier, mais comme les déclarations de votre ami sont évidemment fausses, j'attendrai, pour juger de la vérité de la vôtre, un témoignage plus sûr que celui de votre seigneurie; et le corrégidor de

Ségovie qui va venir tout à l'heure dé-
brouillera facilement tout ce chaos. —
Comment, dit Fernando surpris, don
Matias ici ? — Lui-même, reprit l'officier; ah, ah! cette nouvelle vous trouble
beaucoup, segnorito, j'ai bien peur que
le fils du comte de Mansilla ne mérite pas
plus de créance que le noble frère de
la belle Elena de Aguilar. — Don Matias suivait donc nos pas de bien près ?
demanda Fernando dans une violente
agitation. — Nullement, segnorito, il
a passé la journée d'hier avec nous
au village de Guadarrama. — De Guadarrama, en êtes-vous bien sûr ? —
Très-assuré, je vous jure. — Perez, que
me disais-tu donc ? — J'ignore, reprit
froidement l'officier, ce que vous disait
le seigneur Perez qui n'est plus le seigneur Aguilar, mais si vous doutez de
l'assurance que je viens de vous donner,
vous en croirez mieux, je pense, le corrégidor en personne. Il descend en ce

moment la montagne, et je ne le précède que de quelques pas. Eh! tenez, le voici qui entre. »

La foudre tombée aux pieds de Fernando n'eût pas produit un effet plus terrible. De son côté le corrégidor resta quelques momens immobile et muet. Mais bientôt remis de sa stupeur, il pria l'officier d'emmener Perez. A peine fut-il seul avec Fernando : « que signifie tout cela? lui dit-il de l'air le plus accablé; comment te trouves-tu mêlé dans cette horrible affaire, et qu'as-tu de commun avec la bande d'assassins et de contrebandiers que nous poursuivons? »

— « Qu'oses-tu dire? répondit Fernando furieux, d'où te viennent ces horribles idées? Je reconnais maintenant une vérité que j'ai trop long-temps refusé de croire. Oui, ta haîne pour moi...
—Réponds-moi; est-il vrai que ce matin sur la route tu es entré en relation avec le chef de ces révoltés? — Quels

révoltés? Quels sont les crimes infâmes
que ta rage m'impute, je ne te com-
prends pas? — T'es-tu arrêté sur la
route près d'Otéro? — Oui. — As-tu
parlé à ces bandits? — Non. — Mais
tu étais avec Perez, il a conféré avec
eux. — Oui, j'étais avec Perez, répondit Fernando en s'animant, avec Perez, mon seul, mon véritable ami.....
—Tais-toi, tais-toi, garde-toi d'avouer
ce misérable. Je suis convaincu que tu
ignores tout ce qui se passe; mais au nom
du ciel instruis-moi, que je sache à quel
point cet homme a pu abuser de ton
inexpérience. On vient de m'appeler, de
hâter ma marche pour reconnaître deux
hommes dont l'un se dit de Ségovie, et
que des témoins accusent d'avoir com-
muniqué avec les contrebandiers armés
que poursuivent les troupes du roi et qui
ont eu l'audace de les combattre; et c'est
Fernando de Mansilla!.... — Arrête,
Matias, interrompit Fernando, je vois
que tu veux perdre Perez.... »

— « Perez est justement soupçonné
d'être le principal agent des contrebandiers dans cette province, il agit de concert avec un ecclésiastique de Villa-Castin, son parent; il faisait à Séville un
semblable métier, et la fuite seule l'a pu
dérober à l'action de la justice. Mais sa
marche était surveillée, j'ai été averti du
moment de son arrivée dans cette province. Deux hommes partis de Ségovie à
cheval sont allés avant hier au-devant de
lui, et l'ont rencontré à deux lieues de la
ville; on les observait de la montagne.
Après une courte conférence Perez a ré-
trogradé sur Otéro. Là il a fait charger
une voiture de grains qui s'est arrêtée sur
la lisière du bois et a reçu des objets
d'une grande valeur qui ont dû entrer à
Ségovie vers neuf heures. On doit maintenant connaître ces deux complices de
Perez et du trop fameux Pépillo.

Fernando s'était calmé; la plus vive
inquiétude avait fait place à la fureur :
« Eh ! pourquoi m'as-tu laissé dans l'igno-

rance de ces intrigues? demanda-t-il à
Matias. — Pouvais-je soupçonner que
l'adresse infernale de cet homme par-
viendrait à t'envelopper dans ses machi-
nations et à t'y compromettre. Mais comment aurais-je pu m'entretenir avec toi
de ces derniers détails ; je n'en ai été instruit moi-même que la nuit même du
bal de ton père. Au moment où je sortais
de l'hôtel de Mansilla vers minuit, un
ordre du ministre me manda immédiatement à Saint-Ildefonse. C'est là que je
reçus les communications les plus éten-
dues au sujet de l'importante mission que
j'exécute à présent, et je ne suis pas
rentré depuis cet instant à Ségovie. —
Quoi tu n'as point passé la journée
d'hier enfermé avec mon père au palais
épiscopal ? — Nullement; je suis parti au
point du jour pour Guadarrama , d'où
je reviens tout à l'heure après vingt-qua-
tre heures de séjour. » — « Ainsi vous
n'aviez pas résolu d'enlever Elena et sa
mère, elles ne devaient pas-être con-

duites à Madrid ce soir? et je ne devais pas épouser Matilda ce matin même sous peine d'être conduit à la tour? »

« Fernando ! Fernando ! malheureux jeune homme ! dit Matias d'un ton douloureux, tu auras long-temps à gémir de ta folle crédulité ! As-tu pu croire aussi légèrement à ces mensonges absurdes ? Je ne sais ce que ton père a pu résoudre au sujet de ton mariage, mais cet enlèvement et l'ordre de t'arrêter sont des fables pitoyables. Je vois trop par la funeste issue ce cette intrigue que tu as été le jouet d'un fourbe qui voulait se faire un abri de ton nom ; mais réponds clairement à ma question : par quelle adresse a-t-il pu te résoudre à l'accompagner jusqu'ici? Comment te trouvais-tu ce matin sur cette route, à l'instant fatal où Pépillo....?

Don Matias fut interrompu par l'officier, qui venait de recevoir l'ordre de se porter sur Villa-Castin avec tout son monde. Il apprit au corrégidor que le

7.

cavalier que lui avait adressé le prince
Castel-Franco pour ordonner ce mouvement, s'était chargé de remettre au commandant le rapport qu'il venait de faire
de l'arrestation de deux hommes en relation avec les brigands. L'officier ajouta
qu'il avait eu soin de donner avis que l'un
se donnait pour le fils du comte de Mansilla et que son compagnon se nommait
Perez. Il sortit après avoir fait cette communication, et don Matias l'entendit ensuite commander à haute voix un détachement pour la garde et la conduite des
prisonniers au lieu que désignerait le
corrégidor.

Ainsi, dit Matias au désespoir, toute
la cour saura dans une heure ce déplorable événement. Le malheur est
irréparable, mon devoir m'appelle à
Saint-Ildefonse, il faut que je te quitte.
Au nom du ciel, explique-moi ta présence au milieu de ces rebelles, et dans
une circonstance aussi critique. Que ré-
pondrai-je au ministre, au roi peut-

être? car l'alarme est grande au château,
et Leurs Majestés voudront probablement que je leur fasse directement mon
rapport.

Fernando lui fit alors un récit exact de
toutes ses relations avec Perez, et lui
avoua, non sans rougir de confusion,
que c'était lui-même qu'on avait vu sur la
route d'Otéro, suivi de son domestique.
Il fallut bien encore parler de son retour au même endroit et du second convoi de contrebande, qu'il avait favorisé
le plus innocemment du monde. L'ar-
ticle du transport nocturne des paquets
cachés à l'hôtel de Mansilla ne lui coûta
pas moins à rapporter, mais il fit tous
ces aveux avec la même candeur.

Don Matias était consterné. — « Je
voudrais en vain en douter, dit-il à
Fernando ; tous ces détails sont maintenant à la connaissance du ministre, et
je ne puis prévoir la fin de cette horrible
affaire. Faut-il qu'elle se complique encore d'un enlèvement ! N'importe, ne

nous laissons pas abattre ; tu fus sans
courage contre les passions , sache du
moins en montrer contre la fortune ; si
ton égarement fut grand , si tes fautes
arment contre toi la justice des hommes,
que le sentiment de ton innocence te
fortifie contre leurs coups. Moi , je vais
m'efforcer de les détourner en faisant
partager au ministre la conviction dont
je suis pénétré, que tu n'es coupable
que d'imprudence. Ne perdons pas l'es-
poir. Le détachement qu'on a mis à
mes ordres s'arrêtera au village d'Otéro , et te placera dans la maison de l'alcade , où j'irai te chercher moi-même,
quelle que soit la décision qui sera prise
à ton égard. Fasse le ciel qu'elle soit favorable ! mais dans le cas contraire, je
t'épargnerai du mois la douleur de rentrer à Ségovie, sous l'escorte de ces soldats , et la honte plus grande encore d'y
paraître publiquement dans la compagnie de cet infâme Perez.

Après avoir fait les dispositions qu'il

venait d'annoncer, don Matias fit monter à côté de lui dans sa voiture Elena
et Pépita, qu'il conduisit jusqu'au point
de la route le plus près de leur village.
Là, elles mirent pied à terre, et le corrégidor continua sa course rapide jusqu'à
St.-Ildefonse, le cœur déchiré de la plus
vive douleur.

CHAPITRE VII.

Le jour fut à peine levé
Qu'elle courut chez sa voisine :
Ma commère, dit-elle, un cas est arrivé :
. . . .
Au nom de Dieu gardez-vous bien
D'aller publier ce mystère.
Vous vous moquez, dit l'autre, ah ! vous ne savez guère
Quelle je suis. Allez ne craignez rien.
LA FONTAINE.

Il régnait beaucoup de confusion dans le petit village d'Otéro. Le tocsin sonnait sans relâche, et tandis que les femmes se barricadaient dans leurs maisons, les hommes de tous les âges étaient rassemblés devant d'église, armés de fourches et de piques. Un petit nombre avait des fusils de chasse, et d'autres chargeaient des carabines en fort bon état. A la porte de l'alcade, un soldat de cavalerie attendait avec impatience la réponse à une lettre qu'il venait d'apporter. Il jurait grossièrement et mena-

çait de partir sans retard si on le faisait
attendre davantage.

Cependant l'embarras était grand dans
la maison du magistrat. Ses efforts réunis à ceux d'Antonia Mendez sa femme,
et aidés de l'intelligence précoce de
Paquito, leur fils, étaient bien parvenus
à extraire de cette lettre le gros des
instructions que lui adressait le prince
de Castel-Franco. Ils avaient bien aussi
tiré quelques lumières du soldat, porteur de la dépêche, et c'est d'après ces
premières données que la cloche de l'é-
glise répandait l'alarme aux environs,
et que les paysans se livraient à ces
apprêts belliqueux; mais une foule de
détails, peut-être fort essentiels, échap-
paient absolument à toute leur sagacité.
En vain le papier fut placé dans plusieurs sens et présenté sous différens
aspects, toujours les premières difficultés résistaient avec la même obstination.
Enfin, Antonia irritée de l'expression
un peu trop vive de l'impatience du

soldat, sortit du conseil, la lettre du
prince à la main et le visage enflammé
de colère.

— « Est-il possible, lui dit-elle, d'envoyer à un alcade un griffonnage aussi
confus que celui-là? est-ce du turc, de
l'arabe, et votre commandant ne parle-
t-il pas le chrétien? du moins je puis
vous assurer qu'il ne le sait pas écrire.
Au reste, tenez, voyez vous-même si
vous y connaîtrez quelque chose; que
nous dit-il? lisez si vous pouvez. » —
« Moi, répondit le soldat; ma foi, je
ne sais pas lire plus que vous. » — « Comment, pas plus que nous! sommes-nous
des ignorans, et ne voyez-vous pas que
les ordres s'exécutent déjà? mais il y a
là des choses.... » — « Eh bien, deman-
dez au curé. » — « Le curé est absent,
il est à Ségovie avec le sacristain. Maudite soit Béatrix Lopez! » — « Quelle
Béatrix? eh, par le diable! écrivez toujours un mot de reçu, et que je reparte. »
— « Ecrivez, écrivez, s'écria l'alcade en

sortant à son tour; écrivez, cela est bien aisé à dire, mais encore faut-il savoir ce que l'on écrit. Maudite Beatrix, où sera-t-elle? » — « Eh, reprit Antonia, ne vous ai-je pas dit qu'elle est allée sur la route? Sa fille Pépita est partie ce matin à quatre heures pour la Fonda-san-Rafaël avec la segnorita. Pauvres enfans, dieu sait ce qui leur est arrivé. » — « Tant-pis pour elles, dit le soldat, car c'est justement de ce côté, et à cette heure-là que Pépillo el Manco a dû passer avec tout son monde; mais dépêchons.... » — « Jésus, Jésus! interrompit Antonia; Pépillo, un barbare, un voleur sanguinaire! Ah! mon dieu, les pauvres petites! dona Isabel n'avait guère besoin de ce nouveau chagrin-là. » — « Oui, Pépillo lui-même, reprit le soldat, et on dit qu'il n'a pas moins de mille hommes. Vous pouvez voir de votre clocher les deux régimens des gardes qui sont en ligne à une lieue d'ici pour couvrir St.-Ildefonse, sous le com-

mandement du prince de Castel-Franco ;
mais encore une fois, seigneur alcade,
finissons, je vous prie, j'ai là d'autres
dépêches à porter à Rio-Frio. »

Antonia fit alors un cri de joie, en
apercevant au loin Béatrix, qu'elle
hâta en l'appelant de toutes ses forces,
et qui d'abord rassura l'alcade et sa
femme sur le sort des jeunes filles qui
venaient de rentrer. On ne lui laissa pas
le loisir de s'étendre beaucoup sur sa
relation, mais elle annonça tout bas à
Antonia Mendez de grandes confidences
et des nouveautés bien surprenantes.
Après quoi, le soldat rassuré sur la
prompte expédition de sa réponse, le
conseil se forma de nouveau, sous la
présidence de Beatrix, et tout parut
alors d'une exécution plus facile. L'écriture de la lettre du prince était fort belle,
et le style en était chrétien en dépit des
assertions hasardées d'Antonia. Beatrix,
après l'avoir lue, donna son avis sur le
contenu, descendit du rang de conseiller

à celui de secrétaire, et écrivit quelques mots de réponse sous la dictée de l'alcade, qui, après avoir expédié le soldat, alla faire les dispositions que la dépêche lui prescrivait.

Beatrix née en Amérique, où elle était entrée au service de dona Isabel, l'avait suivie en Europe; on l'appelait dans le village la belle mexicaine, surnom qui flattait singulièrement sa vanité. Elle appliquait tous ses soins à étendre et à consolider cette réputation de beauté, par tous les moyens honnêtes que lui permettait l'indigence de sa maîtresse et que comportait l'obscurité de leur vie. Aussi dans tous les déplacemens qu'avaient commandés depuis dix ans et les malheurs d'Isabel, et sa mauvaise santé, Beatrix ne s'était jamais embarrassée de linge ni de provisions, mais partout elle avait traîné avec elle un coffre énorme renfermant tous les débris de l'ancienne magnificence de sa maîtresse. Ce trésor

amassé soigneusement, pendant de longues années et qu'elle avait apporté du
Mexique, se composait de tous ces ori-
peaux, de ces parures de mauvais goût que
les femmes des colons inventent au bout du
monde, ou croient imiter des modes euro-
péennes sur le récit des voyageurs. Plusieurs fois l'année, le tout était développé,
mis à l'air, et étalé sur des chaises et des
cordeaux. Ces jours-là, Béatrix avait
soin d'attirer chez elle la femme de l'alcade, par l'appât d'une tasse de chocolat.
L'effet que produisait alors sur sa simple
Antonia Mendez l'éclat de tant de richesses était une source toujours renaissante
des plus vives jouissances pour Béatrix,
et dont son orgueil se repaissai tavec
délices.

Sans doute ce n'étaient plus ces transports qu'excitaient autrefois sa présence
à l'office chez le comte de Galbès, vice-
roi du Mexique, quand le maître d'hôtel
l'invitait à sa table les jours ou Isabel
dînait chez son Excellence; ce n'étaient

pas non plus ces murmures confus que
soulevaient à la fois l'envie et l'admiration
quand elle arrivait, à dessein, la dernière
à la *tertulia* des femmes de chambres
du grand ton. Il fallait aussi mettre en
oubli cette galanterie aisée et les belles
manières des valets de chambre, et même
les empressemens moins délicats peut-
être, mais également flatteurs des gens
de livrée ; ce n'était plus rien de pareil,
mais enfin c'était le souvenir de tout cela.
La liaison entre la femme la plus considérable d'Otéro de Herreros et dame Béatrix s'explique tout naturellement. D'a-
bord elle n'était pas sur le pied de simple
domestique; elle avait conservé son an-
cien titre de *Ama de Llaves*, la maîtresse des clefs; fonctions connues autrefois sous le titre de *Duègne* qui signifie
également *maîtresse*, et qui se traduit
en français par l'expression, *femme de
charge*.

D'ailleurs dans ce pays où le défaut
d'industrie et surtout le partage trop iné-

gal des propriétés réduit la plus grande
partie de la population au rôle de men-
diant, en Espagne où, dans toutes les
classes de la société depuis les marches
du trône jusqu'aux portes de l'hôpital,
on demande effrontément de l'air dont
on réclame un droit, la domesticité est
un état; et chez les grands, c'est une situation enviée dont on tire vanité. Aussi
les serviteurs y sont-ils plus insolens
qu'ailleurs, et comme partout, on les
considère en proportion de l'importance
qu'ils se donnent.

Il ne faut donc pas s'étonner de celle
que Beatrix avait conquise parmi les
bonnes gens d'Otéro; elle dont la conversation était toute brillante de du-
chesses et de marquises, et de qui les ré-
cits retraçaient à tous propos la splendeur
des vice - rois du Mexique. Ajoutez encore que, si pour obéir aux usages trop
austères de la Péninsule, elle se condam-
nait comme toutes les grandes dames à
ne jamais paraître dans la rue avec des

parures trop mondaines, elle ne sortait
du moins qu'avec une basquine de soie
noire, usée à la vérité et jaunissante de
vétusté, mais dont l'étoffe variait selon
la saison, et toujours chargée d'un triple
rang de garnitures déguenillées. Sa mantille était bordée de dentelles un peu
déchirées, et un vieil éventail jouait
élégamment dans ses doigts ; elle l'ouvrait et le refermait alternativement en
imitant ce qu'on lui avait rapporté des
grâces du beau sexe de Madrid, et dans
le dessein de développer tous les agré-
mens de sa main et de son bras.

Béatrix avait établi l'opinion que les
malheurs de sa maîtresse auraient bientôt un terme ; et que telle circonstance
attendue de moment en moment, sur
laquelle pourtant elle se gardait bien de
s'expliquer, replacerait dona Isabel dans
le rang élevé dont elle était momentané-
ment déchue. Béatrix ignorait pourtant
et les infortunes et les espérances de sa
maîtresse, la vanité seule lui avait sug-

géré ce roman sans vraisemblance. Depuis plus de dix ans qu'elle la servait
avec zèle et fidélité, elle ne connaissait
des secrets de la famille que ce qu'elle
en avait surpris. Il est vrai que, ce bien
n'étant pas un dépôt confié à sa fidélité,
elle en usait comme de sa propriété bien
ou mal acquise. Les conversations qu'elle
avait à ce sujet avec la femme de l'alcade
étaient l'aliment le plus substantiel de
leur intimité.

Il est facile, d'après cela, de se figurer
tout l'intérêt qu'elles avaient pris l'une et
l'autre à l'événement de la visite de Perez
et à tous ces discours vagues sur *quelqu'un*
dont l'arrivée prochaine devait avoir tant
d'influence sur la destinée de dona Isabel.
Les paroles mystérieuses de Perez répon-
daient si bien à l'idée que Béatrix s'était
faite du sort futur de sa maîtresse, qu'elle
ne doutait plus de l'approche des événemens dont elle avait si souvent entretenu Antonia. Aussi, voulut-elle que
la femme de l'alcade vînt elle-même ra-

conter à la bonne dame les propres mots de l'étranger. Elles remarquèrent avec beaucoup d'étonnement l'impression de douleur que fit sur Isabel ce récit qu'elles croyaient si propre à la réjouir. La malade parut plus pâle encore qu'à l'ordinaire, elle se fit décrire avec les plus minutieux détails l'air, la figure, la taille de l'inconnu, elle demanda surtout l'âge qu'il paraissait avoir, et sans les écouter davantage, elle leur fit signe avec la main de sortir, et resta long-temps ensevelie dans de profondes réflexions.

Au bout d'une heure environ, dona Isabel voulut que sa fille l'aidât à marcher, et malgré sa faiblesse, elle se traîna jusque dans son cabinet. Elle y resta seule pendant quelques minutes; mais Elena, qui n'avait pas quitté la porte, entendant un gémissement douloureux, entra précipitamment et trouva sa mère évanouie. Elle appela Béatrix à grands cris, et toutes deux portèrent dona Isabel sur son lit, où leurs soins la rendirent au senti-

ment ; mais l'accès avait été si fort que le
barbier du village, mandé sur-le-champ,
ordonna que la malade s'abstînt de parler, et qu'on évitât soigneusement toute
occasion de lui faire éprouver la plus
légère émotion. Cependant Béatrix venait de remarquer que, par l'effet de l'é-
vanouissement subit de sa maîtresse,
non-seulement le cabinet n'avait pas été
fermé, comme à l'ordinaire, mais encore que l'un des tiroirs de la table était
resté ouvert. La circonstance lui parut
justifier alors une curiosité qu'elle avait
toujours brûlé de satisfaire. Cette fois il
s'agissait du sort de sa bonne maîtresse.
La maladie l'empêchait d'y veiller elle-
même ; on ne pouvait non plus raison-
nablement confier de si grands intérêts à
l'inexpérience d'un enfant comme Elena ;
c'était donc elle seule, pensa Béatrix, qui
devait se charger de cette effrayante responsabilité; aussi sans plus hésiter elle s'y
dévoua généreusement. Après s'être as-
surée que la jeune personne resterait

auprès de sa mère pour la garder, elle annonça le dessein d'aller faire quelques emplètes indispensables, et courut s'enfermer dans le cabinet, où elle dévora la lecture des papiers qu'un si heureux hasard mettait à sa disposition.

La plupart de ces pièces contenaient des détails qui lui parurent inexplicables, ou étrangers à l'objet de son investigation. Mais une partie témoignait d'un fait qui lui sembla d'une importance majeure. Elle mit à part toutes les lettres et les documens qui s'y rapportaient et les rangeant par ordre de date, elle les relut avec application et trouva dans leur ensemble la preuve la plus claire de la découverte qu'un premier aperçu lui avait indiquée.

Quand ce travail fut achevé il était déjà tard, et tout le monde devait être couché dans la maison de l'alcade ; il fallut donc que Béatrix remît au lendemain le plaisir qu'elle se promettait d'en parler avec sa confidente. Cette nuit fut pour elle d'une

longueur excessive, et l'aube du jour
était encore loin de paraître, qu'elle avait
déjà réveillé sa fille et Elena et qu'elle
les pressait de se mettre en route pour la
Fonda San-Rafaël. Cependant, rien ne
finissait et les jeunes filles partirent plus
tard que le jour précédent. Autre disgrâce, il fallut que Béatrix attendît
qu'une voisine vînt tenir sa place auprès
de dòna Isabel, et cette femme n'arriva
que fort tard. Enfin, elle était sortie et
courait chez Antonia, grosse de son
secret, quand le bruit des cloches et la
rumeur publique l'avertirent du danger
qui excitait les craintes générales, et qui
devait lui causer particulièrement une
si juste et si violente frayeur. Le retour
des deux jeunes filles avait calmé son
agitation, mais elle trouva dans leur récit une circonstance qui coïncidait si
singulièrement avec sa nouvelle découverte et avec les paroles de l'étranger
chez 'alcade, que cette particularité
donna tout-à-coup à son désir d'entre-

tenir Antonia toute la violence d'une passion.

Elle sortit donc courageusement de la maison au moment où toutes les femmes couraient s'enfermer dans les leurs, et bravant le fracas des armes, au milieu des préparatifs militaires, parmi les faux, les bêches, et les pioches, elle traversa la place de l'église et arriva sans encombre chez son amie. Nous venons de voir l'obstacle imprévu qui s'opposa d'abord à une conférence immédiate. Béatrix avait été contrainte de tenir la plume pour l'alcade qui n'en avait jamais connu l'usage. Après tant de contrariétés, la belle Mexicaine, toute gonflée de paroles et prête à mourir de suffocation, était donc enfin libre et put se soulager en parlant à son gré.

— Antonia, lui dit - elle, d'une voix mystérieuse, il y a de grands événemens......

—A qui le dites - vous, Béatrix? Ce

brigand de Pepillo est dans nos environs avec plus de dix mille hommes.

— Bien autre chose, Antonia.

— Je le sais, il a combattu les troupes du roi, l'antéchrist !

— Ce n'est pas cela, ma pauvre Antonia. Ne vous ai-je pas dit que nous verrions des choses extraordinaires à la maison ? Je viens d'en découvrir une... la segnora m'a confié la cause de ce grand chagrin, je sais tout, ma chère, tout ; elle a un fils, un garnement, un mauvais sujet......

— Un fils ! Béatrix !

— Un fils, Antonia ! un fils, qui cause toutes ses peines... mais n'allez pas en parler.......

— Vous me faites tort et injustice, ma voisine ; un fils ? dites-vous ; et où est-il ? Voilà ce que vous annonçait cet étranger, ce fils est le *quelqu'un* qui doit venir.

— Il est tout venu, voisine, c'est

l'étranger lui - même , il s'est trouvé ce matin sur la route , il a sauvé ma fille et la segnorita des mains de ces brigands , ils étaient plus de vingt mille. Pépita ne l'a pas reconnu d'abord , mais arrivés à la Fonda , elle l'a mieux regardé et s'est bien rappelé que c'est le même qui est venu chez vous lundi dernier , à l'instant où elle s'y trouvait. C'est l'étranger qui est le fils de la segnora , vous dis-je ; mais vous ne vous douteriez jamais de ce qu'il a déclaré au commandant des gardes wallonnes qui l'a fait arrêter ?

— Quel commandant, et pourquoi l'arrêter ?

— Oh ! c'est une autre histoire , et que je vous raconterai ensuite, mais pour Dieu , voisine , du secret ; vous connaissez les langues , et si l'on vient à savoir que les pauvres petites ont été enlevées.......

— Comment! enlevées ?

— Oui, Antonia, enlevées, enlevées ; mais pour revenir à notre affaire, quand

les soldats sont venus, l'étranger s'est
découvert et il a déclaré tout de suite
qu'il était le frère d'Elena, et le fils de
dona Isabel de Aguilar.

— Jésus, Jésus! dit Antonia en faisant coup sur coup de nombreux signes
de croix, et en baisant son pouce à
chaque fois : pantomime de la grande
surprise parmi le peuple castillan.

— Les jeunes filles, continua Béatrix, ont soutenu qu'il mentait, que
rien n'était plus faux; elles ne savent
pas ce que j'ai appris, Antonia, et
je ne leur ai rien témoigné; mais vous
jugez, comme je leur ai recommandé de
ne rien dire à ma pauvre maîtresse, ni de
l'enlèvement, ni de la rencontre. Comme
elle n'avait pas fermé l'œil de la nuit, au
départ des enfans, je lui ai donné sa po-
tion calmante, et maintenant elle dort si
profondément, qu'elle n'entend rien de
tout ce vacarme de cloches, ni des cris
qu'ils font sur cette place.

— Mais, son fils, son fils?

— On l'amène ici, ma chère, ici
dans votre maison, où il doit passer la
journée. Il est resté long temps enfermé
avec l'officier, pendant que le jeune Mansilla était avec le corrégidor; ils auront
sans doute arrangé cela pour que notre
jeune seigneur revoie ici sa mère, avant
qu'on ne le conduise à Ségovie, où il
doit rester prisonnier jusqu'à ce que tout
soit éclairci au sujet de l'enlèvement.

— Mais pourquoi les mettre dans ma
maison ?

— Apparemment pour nous donner
le temps de préparer la pauvre mère ; et
et c'est fort sage ; dans l'état où elle est,
ma chère Antonia, elle mourrait dans
mes bras d'une pareille émotion.

— Je le crois, Béatrix; rappelez-
vous comme elle a pâli quand nous lui
avons dépeint l'étranger, comme elle
nous demandait sa taille, son âge.....

— Oui, oui, et comme elle s'est évanouie après avoir été tout de suite con-
sulter ses papiers... Quant à ces papiers,

8.

continua Béatrix d'un ton discret, j'i-
gnore ce qu'ils peuvent contenir ; vous
savez qu'une domestique fidèle ne doit
jamais chercher à surprendre les secrets
des maîtres. Mais tout ce que je puis
vous dire , c'est que le fils de la segnora
est un grand vaurien , et qu'il a donné
bien des chagrins à sa pauvre mère.
S'il faut qu'il la revoie aujourd'hui ; il
est indispensable que je lui parle avant,
pour le mettre au fait de mille choses
qu'il importe beaucoup qu'il sache , et
que, pour rien au monde, la bonne
dame ne voudrait dire, ni à lui , ni à
personne sur la terre ; elle est trop
fière......

— Eh ! comment les savez-vous, Béatrix ? demanda Antonia. Un grand bruit
qu'on entendit à la porte en ce moment lui sauva l'embarras de répondre
à cette question. On frappait à coups
redoublés ; Antonia reconnut, à travers
le petit guichet de sa porte, une belle
voiture escortée par des soldats, et après

quelques momens de consultation avec
Béatrix, elle ouvrit et reçut du sergent
la communication de son ordre. On in-
troduisit les trois prisonniers dont les
figures exprimaient des sentimens bien
différens. Fernando était sombre et accablé. Pedro, déchu du gouvernement
des mules, paraissait inquiet. Quant à
Perez, il montrait une grande liberté
d'esprit et presque de la gaîté.

A peine entré, il fit remarquer au sergent que la maison n'avait qu'une porte
et que les petites ouvertures qui donnaient du jour aux chambres, outre
qu'elles avaient des grilles fort serrées,
n'étaient pas assez grandes pour livrer
passage au plus petit d'entre eux. Il lui
conseilla donc de faire garder seulement
l'entrée de cette espèce de cachot par
un de ses soldats, et de placer le reste de
son monde sous quelque abri voisin, où
l'on pourrait en même temps faire rafraî-
chir les mules, en attendant leur prochain départ, qui ne pouvait être retardé,

disait-il , qu'autant de temps qu'il en fallait pour expliquer le malentendu dont
ils étaient victimes.

— Vous l'entendez, Antónia, dit tout
bas Béatrix ; il est tranquille, il sait bien
que l'explication est facile et qu'il n'a
qu'un mot à dire à sa mère pour termi-
ner tout cela.

— C'est clair , répondit Antonia ; mais
regardez donc, Béatrix, ne trouvez-vous
pas qu'il lui ressemble ?

— Beaucoup , dit l'autre folle ; vous
avez bien raison, ma chère, c'est tout son
portrait.

Pendant ce colloque, Perez, pour donner plus de poids aux paroles qu'il adressait au sergent , lui mettait dans la main
quelques piastres en l'engageant à faire
boire les soldats à sa santé. Il recommanda aux hommes chargés du service des
mules de pourvoir abondamment à leurs
besoins sans s'oublier eux-mêmes , le
tout à ses dépens. Pédro écoutait la ha-
rangue en fumant au coin de la chemi-

née de la cuisine, et Fernando assis près
d'une table s'appuyait dessus en se ca-
chant la figure de ses deux mains. Tout
à coup le petit Paquito, fils de l'alcade,
entra précipitamment dans la maison en
appelant sa mère à grands cris : segnora,
segnora ! (1) lui disait-il, venez voir du
haut du clocher tout ce qui se passe
aux environs. Les brigands ont voulu s'a-
vancer sur le village du côté du *Soto de
Pollos* ; mais nos gens les ont repoussés.
Ils se retirent sur Rio-Frio, venez, venez !
on voit les troupes du roi qui, de la
Granja, s'avancent de ce côté et qui vont
à leur poursuite.

— Jésus ! cria Antonia en prenant sa
mantille et son rosaire ; qu'est-ce que
mon pauvre homme est allé faire là ?
Bon Dieu ! ajouta-t-elle en courant vers

(1) En Espagne les enfans, même dans la classe la plus
obscure, ne donnent point aux auteurs de leurs jours les
noms de père ou de mère en leur adressant la parole ;
ces titres si doux sont réservés aux moines et aux religieuses.

l'église sur les pas de Paquito qui la précédait en gambadant; Vierge de Los Dolores ! qu'avait-il besoin de s'aller compromettre ainsi ! pauvre Miguel ! Si Pépillo n'y meurt pas, il reviendra quelque jour ici te pendre haut et court pour l'exemple.

— Et ma pauvre maîtresse ! disait Béatrix de son côté, qu'allons-nous devenir, si ces monstres-là pénètrent dans le village ! Il faut que je coure à la maison.

— Aux armes ! cria le sergent; enfans, le feu se rapproche de moment en moment, dit-il à ses soldats; alerte, et fermez cette porte, ajouta-t-il en repoussant Perez qui écoutait attentivement, et qu'il enferma avec Béatrix.

— Seigneur, lui dit-elle, avec beaucoup d'agitation le trouvant enfin seul ; avant de sortir d'ici, il faut que je vous parle, il y va de la vie de votre pauvre mère.

— De ma mère ! répondit Perez dans le plus grand étonnement.

— Suivez-moi, continua Béatrix en l'entraînant vers une chambre voisine dont elle ferma la porte quand ils y furent entrés tous les deux; au nom du ciel, lui dit-elle avec rapidité, ne me trompez pas; n'abusez pas une pauvre domestique qui par dévoûment pour sa maîtresse et par intérêt pour vous s'engage dans un pas bien hasardeux. Epargnons d'inutiles explications, je sais tout, vous avez déclaré à la Fonda-San-Rafaël devant cent témoins que vous êtes le fils que ma maîtresse dona Isabel attend depuis si long-temps. Je sais encore que votre dessein était de vous déclarer bientôt; vous êtes venu ici lundi dans cette même maison, vous avez dit à Antonia que vous étiez instruit de tout ce qui concerne dona Isabel, et que *quelqu'un* viendrait dans peu de jours lui donner des nouvelles importantes, qu'il ne fallait pas songer à partir avant d'avoir vu ce *quelqu'un* qui devait la rendre heureuse. Ce *quelqu'un*-là, c'est vous, le fils de dona Isabel, la bonne dame vous devra la vie.

La pauvre Béatrix pleurait ; elle se jeta dans les bras de Perez, dont la tête calculait froidement toutes les chances de ce coup inattendu, tandis que son visage se mettant peu à peu en harmonie avec l'agitation convulsive de la figure de Béatrix, le fourbe paraissait aussi prêt à verser des larmes quand elle fixa de nouveau ses regards sur lui après l'avoir embrassé.

— Oui, reprit-elle avec véhémence, je le vois à votre émotion, vous revenez avec de bons sentimens. Ne cherchez plus à me rien déguiser, vous êtes don Mariano ; mais parlez franchement, êtes-vous tout-à-fait rendu à l'honneur et à la vertu, avez-vous bien abjuré vos erreurs ? et vous vois-je enfin bien repentant de vos fautes ?

— En peux-tu douter ? excellente femme, répondit Perez d'un air attendri, me fais-tu cette injure, ma bonne ?..... Eh bien ! sot que je suis, j'ai oublié ton nom, ma bonne......

— Béatrix, seigneur ; je m'appelle Béatrix Lopez. Mais ne vous étonnez pas, vous ne m'avez jamais connue. Certes, je n'étais pas en âge de servir, il y a dix-sept ans, quand vous êtes parti.

— Vous avez bien raison, bonne Béatrix, et je ne sais où j'ai la tête de n'avoir pas d'abord pris garde à votre grande jeunesse.

— Oh ! le trouble, je conçois cela, et puis tant mieux si vous ne faites plus tant d'attention aux dames, elles vous ont fait faire assez de folies sans doute. Ah ! seigneur don Mariano, combien vos sottises ont coûté de larmes à votre infortunée mère ! mais j'y pense, il faut que je vole à son secours, entendez-vous ce fracas, ces cris? Ecoutez, don Mariano, je crois aux assurances que vous venez de me donner et à tout ce que vous avez dit à la femme de l'alcade lundi dernier. Vous voulez rendre ma

chère maîtresse, votre mère, au bonheur,
c'est le ciel qui vous a inspiré ces bons
sentimens-là et qui vous ramène à nous,
mais vous savez sans doute que dona Isabel est fort irritée contre vous, et il faut...

— « Non du tout, je ne sais rien. —
Vous n'avez donc reçu aucune de ses
lettres? — Pas une seule. — Mais il
s'est passé tant de choses, il y en a tant
qu'il faut que vous sachiez! don Mariano,
je vais trahir pour vous un secret de la
plus haute importance, vous jugez bien
que je n'agis que par intérêt pour tous
deux. — Un secret de ma mère? —
De votre mère; surtout qu'elle ne sache
jamais ce que je fais pour vous aujour-
d'hui. — Parlez sans crainte, Béatrix,
je vous jure de ne pas abuser de votre
confiance, et d'ailleurs nous n'avons tous
les deux que de bonnes intentions. —
Vous me le jurez, il suffit; le temps
nous presse. Tenez, lui dit-elle, en sortant de sa poche un gros rouleau de papiers; voici des pièces bien intéressantes

pour vous. Il y a là les copies de toutes
les lettres que votre mère vous a écrites
partout depuis dix-sept ans, et un jour-
nal de ce qu'elle a fait depuis le moment
de votre séparation. Vous trouverez encore deux lettres de vous, une surtout
le jour de votre départ; Ah! don Mariano, se peut-il que les hommes soient
aussi pervers! Mais on est jeune, on a
des passions... Tenez, voyez, lisez tout
cela, repentez-vous de vos extravagances
en apprenant tout le mal qu'elles ont
fait à la meilleure des femmes. Ah ciel!
qu'est-ce que j'entends là? cria-t-elle en
s'interrompant; est-ce du canon? J'en
mourrai, adieu, don Mariano, je cours
à ma maîtresse; cachez bien ces papiers surtout à Antonia, et remettez-les
moi sans que personne s'en aperçoive.
Adieu, adieu, répéta-t-elle en s'en-
fuyant.

CHAPITRE VIII.

Ainsi leurs grandeurs éclipsées
S'anéantiront à nos yeux.
Ainsi la justice des cieux
Confondra leurs lâches pensées !
Leurs dards deviendront impuissans,
Et leurs pointes émoussées
Ne pénétreront plus le sein des innocens.

J. B. ROUSSEAU.

L'effroi de Béatrix était fondé. On entendait en effet distinctement alors des cris confus et un feu soutenu de mousqueterie qui indiquait assez qu'un combat acharné se livrait près de là. Perez, de son côté, malgré l'attention qu'il prêtait aux paroles de Béatrix, éprouvait une terreur secrète que trahissait, en dépit de ses efforts, la pâleur de son front et l'altération de ses traits. Il arrivait en ce moment dans ce petit coin de terre précisément le contraire de ce qui nous étonne trop souvent dans l'histoire,

quand ses révélations assignent de si
petites causes à de très - grands effets.
Ici des événemens de l'ordre le plus
élevé influaient sur l'obscure destinée
de Perez. Les puissances de la terre, les
passions des rois, leurs malheurs, les
intrigues des cours, la paix, la guerre,
les révolutions des empires, tous les immenses ressorts de la haute politique
agissaient, quoique de très-loin, sur sa
frêle existence et menaçaient de la bri-
ser.

Le comte de Florida Blanca, principal
ministre au commencement de cette année, n'avait pas pu résoudre son orgueil à
ployer devant le nouvel astre qui se levait
avec tant d'éclat à la cour. Don Manuel
Godoy créé depuis peu duc de la Alcudia
jouissait déjà de l'amitié et de la confiance
intime du couple royal. Son influence s'é-
tendait à tout. Mais le premier ministre,
au lieu de se rapprocher du favori, laissait maladroitement éclater son dépit,
combattait ses avis en toute occasion, et

repoussait durement ses créatures. Le comte, que ses talens rendaient néces- saire, dominait encore le conseil. Il y avait fait adopter le principe de la guerre contre la France, dont la révolution lui inspirait autant d'horreur que de craintes. Cette résolution avait transpiré; de ce moment le parti qui lui était opposé se déclara pour la paix, et l'appui de la reine le fit prévaloir. Mais le ministre, dans la confiance de sa force, et se voyant à la veille de triompher des résis- tances, se préparait à la guerre qu'il es- pérait bientôt faire déclarer.

En conséquence, il garnissait de trou- pes les provinces les plus rapprochées des Pyrénées, et appelait du midi dans le centre de l'Espagne les régimens dont il se proposait de composer l'armée, quand, au mois de février, frappé d'un coup imprévu, il tomba tout à coup dans la disgrâce de son maître, au moment où il se croyait le plus assuré de sa fa- veur.

Le comte d'Aranda, vieillard paci-
fique, et favorable à la France, fut alors
chargé du fardeau de l'administration
suprême de l'État, et donna sur-le-champ
une nouvelle direction à la politique du
cabinet de Madrid. On résolut de main-
tenir la paix, et la marche des troupes fut
suspendue sur tous les points. Mais
comme l'état de la France causait de
vives inquiétudes, on ne les fit point rétrograder; et les choses restèrent sous ce rapport dans l'état où il les trouva. Cependant la présence d'un grand nombre de
régimens dans les deux Castilles avait
forcé de les disséminer sur un terrain
fort étendu afin de les nourrir plus facilement sans fouler ces provinces. Cette
disposition avait resserré les contrebandiers dans un espace fort étroit. On sait
qu'ils sont très-nombreux en Espagne,
où les lignes de douane intérieure sont
multipliées dans la proportion de la quantité d'états différens et de provinces pri-
vilégiées dont se compose cette monar-

chie. Le fisc prélève des droits aux frontières des royaumes de Navarre, d'Ara-
gon, de Castille, de Valence, de Gre-
nade, etc., etc., au cours de l'Èbre, autour des seigneuries de Catalogne et de
Biscaye, vers les frontières de Portugal.
Sur tous ces points, une armée de douaniers veille à l'exécution des loix fiscales
et prohibitives. Il résulte de tant d'en-
traves jointes à la difficulté des transports, que la marchandise chargée de
taxes n'arrive au consommateur qu'à un
prix fort élevé, et que la fraude, quels
qu'en soient les frais et les périls, offre
encore d'immenses bénéfices. Cet état de
choses a tellement multiplié les contrebandiers dans ce pays qu'ils y opposent
une armée à celle des agens du fisc, et
que leur nombre peut être évalué, sans
exagération, à vingt mille hommes répar-
tis sur tous les points de la péninsule.
L'on explique ainsi, comment à l'époque
de l'invasion de 1808, la France y trouva
de tous côtés la population debout et en

armes, et comment se formèrent si
promptement partout des guérillas com-
posées d'hommes audacieux et aguerris,
qui furent plus funestes à l'armée d'invasion et se rendirent beaucoup plus re-
doutables que les troupes réglées.

Parmi les aventuriers voués à cette vie
vagabonde et lucrative, Pépillo s'était
fait distinguer par une valeur éprouvée
mille fois dans ses rencontres avec les
douaniers, et même avec les troupes
royales, qu'il n'avait pas craint d'attaquer
parfois le premier, quand l'intérêt de
son commerce lui commandait cette témérité.

Pépillo réunissait sous ses ordres environ cent cinquante hommes vigoureux,
résolus comme lui, et attirés par la réputation de courage et d'adresse dont il
jouissait dans les provinces entre Madrid
et Cuenca, théâtre ordinaire de ses ex-
ploits. Ceux qui connaissent cette partie
de la Castille, ne s'étonneront pas qu'il
ait échappé long-temps à toutes les pour-

suites dans ces cantons dépeuplés, tra-
versés de bois et de montagnes incultes
dont il connaissait parfaitement les
moindres défilés. Ajoutez à cet avantage
la facilité d'intéresser à peu de frais les
les pauvres habitans des campagnes à ses
entreprises, dont il leur faisait partager
les bénéfices en les compromettant : double moyen pour les déterminer à garder le
secret de ses marches, et à l'avertir avec
soin de celle des soldats employés à le
poursuivre. La terreur de son nom contenait ceux qui auraient été tentés de le
trahir par l'appât d'une récompense; il se
maintenait donc dans sa position depuis
plusieurs années.

Un autre chef, non moins redouté,
recevait dans le royaume de Valence les
marchandises anglaises et françaises dé-
barquées sur plusieurs points de la côte,
entre cette ville et Tortose. Il les con-
voyait jusque dans les montagnes aux
environs de Cuenca. De là , Pépillo les
transportait à son tour jusques aux portes

de Madrid, où d'autres agens se chargeaient de les introduire. Ensuite, des habitans considérables de la ville, des seigneurs même, et jusqu'à des membres de certaines communautés religieuses recelaient les marchandises à l'aide de leurs priviléges et en procuraient l'écoulement en prenant part aux bénéfices.

Nous avons vu que la marche des troupes avait entravé sur tous les points du centre de l'Espagne les mouvemens des contrebandiers, et qu'ils se trouvaient réunis en plus grand nombre dans un moindre espace. Aussi remportèrent-ils d'abord quelques avantages partiels ; et ces petits succès enflant leur courage, ils se portèrent bientôt à des excès odieux, et provoquèrent de tous côtés des clameurs dont le bruit parvint jusqu'au roi. Enfin, l'assassinat d'un curé et le pillage d'une église à Ventosa, mit en rumeur tout le clergé, qui souleva l'opinion publique contre la mollesse du

ministère à l'égard des contrebandiers ;
ce fut un cri général, et l'autorité réveillée
prit enfin la détermination d'employer
des moyens énergiques pour exterminer
ces bandits.

Bientôt des mouvemens combinés
s'exécutèrent à la fois par toutes les
troupes rassemblées dan les Castilles ; le
but était de concentrer les bandes de
contrebandiers dans l'immense plaine
qui s'étend de la ligne du Tage au sud,
jusqu'au pied des montagnes de Sommo-
Sierra et de Guadarrama, au nord et au
nord - ouest. Tous les passages connus
étant soigneusement gardés sur ces trois
points, plusieurs régimens d'infanterie et
de cavalerie, venus de Valence et de la
ligne de l'Èbre, en manœuvrant derrière
les contrebandiers du côté de l'est et du
nord - est, les forçaient de prendre la
direction voulue. Une partie de ces brigands parvint cependant à s'échapper à
travers les troupes, grâce à la connaissance exacte des localités, et surtout à la

dépopulation de ces déserts, la plupart
sans chemins frayés. Mais la bande de
Pépillo s'était grossie de tous ceux qui
préféraient à la fuite la chance des grands
avantages avec de grands périls sous un
chef aussi habile. Cette vaillante troupe,
chargée d'un lourd bagage, s'était peu
à peu laissé envelopper quoiqu'à une
grande distance encore. Elle errait au
pied de Sommo-Sierra dans un rayon de
dix à douze lieues au nord de Madrid. Le
dessein de Pépillo était d'entretenir l'idée
qu'il voulait se jeter dans les défilés de
cette montagne ; mais, instruit par les
soins de Perez, qu'on lui avait dressé
sur ce point une embuscade, il s'é-
tait déterminé à se porter en une nuit
des environs de Buytrago jusque vers
Puente del Retamar, à quatre lieues de
Madrid, au nord - ouest de la ville, à
travers un désert sauvage et hérissé de
roches, lequel s'étend fort au-delà de ce
point à l'ouest du côté de l'Escurial.

C'est dans la partie la plus reculée de

ces campagnes dépeuplées que Pépillo
voulait déposer les richesses fruits de ses
longs travaux et de ses rapines : il les
portait avec lui, elles devaient ensuite
être introduites et mises à l'abri dans
Madrid même par des agens intéressés au
succès de cette entreprise hardie, tandis
qu'il précipiterait sa fuite vers l'Estramadure, en suivant la direction de cette
route, alors dégarnie de troupes.

Ce plan était concerté avec Perez, qui
pour en favoriser l'exécution était parti
de Madrid sous prétexte de se rendre à
Monterey, mais dans la réalité pour s'a-
boucher avec Pépillo la nuit de son passage, et aller ensuite lier à Saint-Ildefonse des intrigues favorables à leurs
projets communs. Sa mission était surtout d'y prendre des renseignemens cer-
tains sur la position des troupes, à la faveur de ses liaisons avec don Juan de Silva,
qui jouissait alors de la confiance intime
du duc de la Alcudia. Pépillo devait régler sa marche d'après cette connaissance.

De Madrid, Perez vint le premier soir à Galapagar, et sa surprise fut extrême de trouver dans ce lieu désigné pour son entrevue avec Pépillo un escadron de cavalerie légère. Il apprit en même temps qu'un détachement du même corps occupait derrière lui Puente del Retamar, et que plusieurs compagnies d'infanterie gardaient tous les défilés connus entre ces deux points.

Pépillo n'en fut pas moins exact au rendez-vous, mais il arriva déguisé et se tint à une petite distance. Il fallait absolument qu'il se consultât avec Perez au sujet de cette circonstance imprévue ; ils décidèrent que les contrebandiers rétrograderaient vers le Guadarrama.

Deux grandes routes parties de Madrid traversent cette chaîne ; l'une, au nord, mène directement à Saint-Ildefonse, placé au pied du revers septentrional ; l'autre, dirigée au nord-ouest, et que suivait alors Perez, laisse l'Escurial à une lieue à gauche, et s'élevant vers le Puerto

de Guadarrama , vient aboutir à la Fonda-San-Rafaël. Entre ces deux routes
royales , des défilés jugés absolument
impraticables , mais très - familiers aux
gens de Pépillo , devaient leur livrer
passage, tandis qu'on les croirait cernés
et acculés contre la montagne au sud.
Dans cette confiance , toutes les troupes
se pressaient de ce côté, et l'autre en était
dégarni. On n'y avait laissé que la garde
nécessaire pour couvrir le château ; et le
prince de Castel-Franco, qui la commandait, ne serait certainement pas employé
à poursuivre des contrebandiers. Il semblait donc à Pépillo que, la montagne une
fois franchie , il trouverait au nord la
route parfaitement libre et pourrait gagner facilement les bois de Coca, où sa
troupe braverait la poursuite des régimens de ligne, et dont l'épaisseur favori-
serait sa marche vers les frontières de
Portugal , son refuge assuré. Cette mesure arrêtée , il avait été convenu que
les marchandises les plus précieuses se-

raient déposées dans des lieux connus du bois, où Perez les ferait prendre pour les mettre en sûreté à Ségovie. Il promit aussi de se trouver au passage de Pépillo le 31 août, vers quatre heures du matin aux environs d'Otero, afin de lui donner dans une dernière entrevue les renseignemens obtenus à Saint-Ildefonse, et de se concerter pour l'avenir. Tous ces points fixés, Perez avait poursuivi le lendemain sa route; et ce fut le jour suivant qu'il rencontra Fernando galopant sur le chemin d'Otero de Herreros.

Pépillo commandait alors environ cinq cents hommes déterminés. C'était l'élite des braves de cette espèce, la plupart condamnés pour des crimes irrémissibles, et dont l'audace bravait tous les dangers. Après deux nuits de fatigues incroyables, ils se trouvaient enfin au terme de leurs plus grands travaux; et descendus de la montagne, après avoir fait la rencontre des ânesses d'Elena et du carosse de Perez, ils débouchaient dans la plaine

9.

avec sécurité, quand Pépillo , qui s'était
mis à la tête de son monde, reconnut,
dans la direction de Rio-Frio, le même
régiment qui s'était rencontré quelques
jours avant à Galapagar, au passage de
Perez. Les soupçons de trahison qu'il
avait conçus lors de cette première contrariété lui parurent alors trop fondés ;
mais quel était le traître ? Aucun de ses
hommes ne pouvait être suspectés, et
Perez seul connaissait le secret de sa
marche. Lui - même , alors prisonnier
chez l'alcade, averti par le bruit qui venait jusqu'à lui de l'obstacle nouveau
qui forçait ses alliés à rétrograder, se
demandait avec effroi la cause de ce
mouvement.

L'objet de sa plus grande surprise c'é-
tait la subite apparition de tant de cavalerie sur ce point, où peu de jours aupa-
ravant, d'après les renseignemens les plus
sûrs, il ne s'en trouvait pas une seule compagnie. Cette circonstance si fatale à
Pépillo tenait à ces grandes causes dont

il était question tout à l'heure. La nouvelle de l'insurrection du 21 juin à Paris
avait déjà rendu beaucoup d'influence
aux partisans de la guerre ; il est vrai
que le comte d'Aranda persistait à s'y opposer ; mais son obstination, qui déter-
mina sa chûte un mois après, blessait
évidemment les opinions personnelles
du Roi ; et le duc de la Alcudia en parlait
de manière à indiquer aux moins clair-
voyans un changement prochain dans la
politique extérieure du cabinet. Le ministre de la guerre, pour n'être pas pris au
dépourvu, faisait avancer du côté de la
capitale toutes les troupes réparties en
Estramadure, vers la frontière du Portugal, quand le 23 août la nouvelle des
événemens du 10, au château des Tui-
leries, parvint à Saint-Ildefonse.

Les sentimens qu'exprimèrent à ce
sujet le Roi et la Reine ne laissèrent plus
de doute sur leurs dispositions; et, soit
que l'on dût négocier ou combattre, il
parut évident que la cour d'Espagne ne

resterait pas plus long-temps indifférente
aux mouvemens intérieurs de la France.
Dans l'un ou l'autre cas, il fallait préparer la guerre, et le ministre expédia
sur-le-champ des ordres en conséquence
desquels, plusieurs régimens de cavalerie
se trouvant dès le 26 en communication avec le commandant chargé de la
poursuite des contrebandiers, quelques
escadrons furent ce jour-là même dirigés
vers le point où Perez les rencontra. Ces
troupes, parties à des heures différentes
de Mostoles, sur le chemin de l'Estramadure, avaient successivement débou-
ché sur le chemin de Guadarrama,
de manière à ce qu'une partie précédait
Perez, d'Abulagar à Galapagar, tandis
que l'autre le suivait.

C'est ainsi que sans que personne s'oc-
cupât encore de lui et sans qu'il eût
connaissance de ce qui se passait, il se
trouvait déjà enveloppé d'ennemis. Mais
comment ces mêmes régimens se trou-
vaient-ils embusqués maintenant entre

Rio-Frio et Ségovie, précisément dans l'endroit même où contre toute apparence Pépillo avait décidé de passer? Ce mouvement et les grandes dispositions qu'il remarquait autour de lui sur tous les points ne pouvaient avoir été commandées que par suite d'une révélation. Perez n'en doutait pas plus que lui, mais tandis qu'il s'efforçait d'en deviner l'auteur, Pépillo, tout en combattant comme un désespéré, l'accusait lui-même d'un infâme abus de confiance. Il jurait, parmi d'épouvantables blasphêmes, que si le sort le trahissait au point de le laisser tomber vivant dans les mains de ses ennemis, il ne marcherait pas seul au supplice, et que Perez mourrait des mêmes tourmens.

Cependant la femme de l'alcade, que nous avons laissée courant sur les pas de Paquito, atteignait le pied de la tour de l'église quand le petit conducteur d'Elena, Carlito, arrêté le matin avec elle sur la route, vint tomber aux pieds d'Antonia,

épuisé de fatigue, en lui criant de le sauver; elle se hâta de le faire entrer avec
elle, et referma la porte de la tour qu'elle
assura de son mieux en dedans. L'enfant
tremblait et ne pouvait parler : enfin,
un peu remis de sa terreur, il commençait à lui en expliquer les causes et à raconter l'enlèvement des ânesses qu'il
avait été contraint de suivre dans la
plaine parmi les brigands; mais Paquito,
interrompant ce récit, appela fortement
sa mère du haut de l'escalier qu'il avait
escaladé en quelques bonds. Il l'enga-
geait à grands cris à monter sur-le-champ.
L'impatience de voir le combat l'empor-
tant alors sur la curiosité d'apprendre
l'histoire de Carlito, elle se hâta de se
rendre à la pressante invitation de son fils.

Antonia fut d'abord tellement frappée
du spectacle qui s'offrait à sa vue qu'elle
resta quelque temps muette de surprise
et ne put exprimer ce qu'elle éprouvait
que par de grands et nombreux signes
de croix.

— Tenez, lui dit Paquito, regardez du côté de Saint-Ildefonse, voyez - vous, cette longue ligne de soldats? tout à l'heure on n'en voyait pas un seul. Ils étaient tous cachés derrière la colline de Huertas, et les brigands s'enfuyaient par là à bride abattue, poursuivis par les dragons que vous voyez là bas venir sur eux au grand galop, vers Rio-Frio. Quand les brigands ont vu l'infanterie, ils se sont arrêtés tout court, on a tiré sur eux de fort près, les chevaux se sont cabrés et bon nombre des hommes sont tombés. Voyez-vous comme on les relève? il n'y en a pas un de blessé! — Je le crois bien, dit Carlito, les soldats qui m'ont laissé passer disaient qu'on leur a donné l'ordre de ne tirer que sur ceux qui s'échapperaient du cercle où ils sont renfermés; ils sont plus de deux cents cernés par là avec Pépillo; que Dieu le maudisse, pour avoir pris nos ânesses!

— Où donc est mon pauvre mari? demanda Antonia.

—Là, là, répondit vivement Paquito, en lui montrant un bouquet d'arbrisseaux fort bas et de buissons dans un fond, tenez, là, au *Soto de Pollos*, derrière le tas de pierres qui forme le mur du pré de la veuve Munos.

— De ma pauvre mère! cria Carlito enpleurant amèrement. Que va-t-elle devenir en apprenant le vol que nous a fait ce scélérat, ce bandit? Regardez, dit-il, en essuyant ses larmes. Je le reconnais à son cheval blanc, le voyez-vous? continua l'enfant en s'animant.

— Virgen Santissima, soupira Antonia d'une voix étouffée, l'assassin court vers le *Soto*, que Dieu et Saint-Michel archange sauvent mon pauvre homme!

— Allez, reprit Carlito qui oubliait tout son chagrin à la vue de cet engagement, allez, ne plaignez pas l'alcade si Pépillo court à lui. Tant mieux, il pourra gagner les dix mille réaux promis à qui le tuera, et il y en a vingt mille pour qui le prendra vivant.

— Que Dieu nous soit en aide et le grand saint Michel, répondit-elle en tremblant ; le digne homme est assez vilain pour être tenté de gagner les vingt mille, il va se faire écharper. Saint Michel Archange, continua-t-elle, en tirant de sa poche un petit tableau encadré et couvert d'un cristal ; grand saint Michel vainqueur du démon, je te voue douze messes au grand autel de la paroisse, et deux livres de cierges, si le pauvre Miguel Mendez, mon honnête mari et alcade de ce village, Miguel, dont tu es le patron, sort sans aucun mal de ce péril menaçant. »

Elle leva les yeux après cette invocation pour voir sur le champ de bataille si son ardente prière et ses promesses à l'Archange produisaient déjà quelque peu d'effet, mais hélas ! loin de là, le danger croissait au contraire ; elle poussa un cri violent.—Ah, le malheureux ! que fait-il ? disait avec angoisse la triste Antonia. Pourquoi sortir de cette retraite qui l'a-

I.   10

britait si bien ? Pépillo court sur lui ;
Miguel, Miguel ! criait-elle, sauve-toi ;
ah ! juste ciel ! il l'ajuste, il tire.......
ah ! Pépillo est par terre ! n'y cours pas
Miguel... arrête, disait-elle en redoublant
ses cris, comme si son mari pouvait l'entendre ; ne vois-tu pas qu'il se relève ?....
ah dieu ! dieu ! son sabre ! que va-t-il faire ?
pauvre Miguel ! Pépillo l'atteint, il le
frappe... je n'y vois plus, dit Antonia
accablée, en tombant sur ses genoux.

— Mon pauvre père ! dit à son tour
Paquito, que la crainte avait rendu muet
jusque-là ; quel malheur ! voilà des soldats qui viennent maintenant et qui font
fuir Pépillo ; il est bien temps ! ajouta-
t-il en pleurant, on emporte le corps de
mon père, il faut qu'il soit coupé en deux
à en juger par le coup que ce tison d'enfer lui a déchargé sur la tête. »

Antonia toujours à genoux regardait
l'image de saint Michel d'un air sombre
et menaçant : « Compte, compte sur des
messes, lui dit-elle enfin d'une voix al-

térée par la colère ; toi des messes! t'ont-
elles jamais manqué tant que tu as entretenu la prospérité dans ma maison ? ce
pauvre homme n'a-t-il pas toujours eu
pour toi la plus tendre et la plus solide
dévotion ? t'avons-nous épargné les neu-
vaines dans nos maladies, dans nos
convalescences ? Je ne te parle pas des
cierges et des bouquets dont nous avons
tant de fois paré ton autel ; tu nous as
fait bien des grâces que nous ne te de-
mandions pas, tu as bien du pouvoir !
et aujourd'hui, quand je t'implore pour
mon malheureux homme, en te le dési-
gnant si clairement qu'il était impossible
de se méprendre, aujourd'hui tu m'aban-
donnes, tu le sacrifies !... tiens, lui cria-
t-elle en le jetant par terre avec violence, tiens continua-t-elle en se relevant
furieuse et en le foulant aux pieds, voilà
ta récompense, tu n'auras plus jamais
rien de moi et je change de patron.

Segnora, segnora, s'écria tout-à-coup
Paquito consolé, voyez donc, regardez,

béni soit le ciel! mon père est sur ses
jambes! il montre que sa blessure n'est
rien, et que son manteau roulé sur son
épaule a reçu le coup sans danger pour
lui. — Malheureuse que je suis! dit Antonia en se précipitant à terre et en baisant avec amour les débris de l'image
qu'elle venait d'injurier avec tant de fureur, saint Michel de mon âme, saint
Michel de mon cœur, saint Michel de
mes entrailles ; grand saint Michel qui es
dans la gloire de Dieu, le plus grand des
saints qui brillent autour de son trône
éternel ; pardonne-moi, ajouta-t-elle en
sanglotant et en rassemblant avec véné-
ration les moindres parcelles de son
image outragée, pardonne à mon re-
pentir un mouvement dont je n'ai pas été
la maîtresse, tu sais comme ce pauvre
homme te révère! Ah! qu'il ne soit pas
victime de la faute d'une indigne pécheresse, fragile, sans cœur, sans foi et sans
reconnaissance comme moi. Saint Michel, la journée ne se passera pas que je

ne me sois confessée de cette énormité, et demain matin à la pointe du jour, s'il plaît à Dieu, commencera la première des douze messes que je t'ai vouées. »

Les deux petits garçons, qui avaient été douloureusement scandalisés du transport d'Antonia, s'étaient mis tous deux à genoux en même temps qu'elle, et s'unissaient de toute la ferveur de leurs cœurs ingénus aux prières de la pécheresse, pour écarter les malheurs que, dans leur opinion, ces blasphêmes pouvaient attirer sur l'alcade, sur eux, sur tout le village. Carlito, ayant le premier dépêché son *pater*, rappela l'attention de la mère et du fils sur la scène intéressante qu'ils avaient sous les yeux.

— « Voyez-vous, leur dit-il, l'alcade a tué le cheval de Pépillo. Mais l'intrépide qu'il est a saisi celui de l'un de ses hommes tombé à la première décharge ; le voilà maintenant à la tête de plus de cent cavaliers, ils partent au galop ; ils tombent à coups de sabre sur

cette compagnie d'infanterie.... Comme
ils les dispersent, Jésus, comme ils en
tuent! ah Pépillo! bravo, vaillant Pépillo! quels coups! va, je te pardonne
les ânesses... en fait-il tomber! un, deux
trois, viva! vive le grand Pépillo! »

— « Payen! dit Antonia, te crois-tu
au combat de taureaux, et ne vois-tu
pas que ce sont des chrétiens qu'il tue
comme un scélérat et un assassin qu'il
est. — Vous avez raison, répondit l'enfant en faisant un signe de croix expia-
toire; mais voilà qu'on les entoure; les
pauvres chevaux!... ils sont tous tués.
Voyez comme les hommes se serrent
maintenant les uns contre les autres. —
On leur crie de se rendre, dit Paquito.
— Ah bien oui, reprit Carlito d'un ton
moqueur, oui, il se rendront, comptez
sur cela! vous ne les connaissez guère.
Je les ai vus de près, moi, je les connais;
non non, ils ne se rendront pas, ils se
feront tous tuer plutôt, ce sont de braves
gens. Eh bien, que vous disais-je, re-

prit-il avec un air de triomphe, voyez-
vous comme Pépillo les sabre!... vaillant garçon, va, va, tue, tue; il se fait
jour, il échappe, il est sauvé, viva! Ah
les traîtres, s'écria l'enfant avec indi-
gnation, ils tombent sur lui par derrière!
on le renverse... ah! il mord, il déchire,
ils ne le tiennent pas encore, non, ils ne
le tiennent pas; il se relève. Ah, mort!
malheur à eux!.... ah! les lâches, les lâches! vingt, trente contre un seul
homme! ils l'entourent... je ne le vois
plus, ah, pauvre Pépillo... ils l'ont lié...
ils l'entraînent! »

— « Victoire, cria Antonia, en descendant rapidement du clocher, courons
embrasser mon pauvre homme. Et toi,
grand saint, ajouta-t-elle en baisant avec
transport les précieux fragmens de l'i-
mage de saint Michel, noble saint, mon
adorable patron, oublie tout ce qui s'est
passé, et je ferai faire ton image à Madrid
en argent pur encadré d'or. Vive le grand
saint Michel qui a tout fait!

NOTE.

(PAGE 49.)

(a) Tout ce qui se rapporte, dans cet ouvrage, aux habitudes et aux intrigues du palais du roi Charles IV, semble avoir été dicté par un témoin occulaire de ces scènes. Les personnages nommés occupaient en effet les postes divers qui leur sont assignés; les ministres se sont succédé dans l'ordre et aux termes indiqués, et les causes des chutes et des élévations de cette époque sont indiquées par l'auteur conformément au langage de l'histoire.

Quant à la chasse singulière, objet particulier de cette note, l'auteur est d'accord à cet égard, avec l'exact et véridique Bourgoing, et les Espagnols rendent justice à la fidélité de son *Tableau de l'Espagne moderne*. On y lit tome I, pag. 216 :

« Depuis le nouveau règne (celui de Charles IV en décembre 1788), les battues n'ont plus été périodiques, mais ont été très-multipliées, et ont eu pour objet principal d'exterminer rapidement ces nombreux troupeaux de cerfs et de daims qui dévastaient les campagnes voisines des résidences royales. Dès la première année de son règne, Charles IV en a détruit plus de deux mille pendant le seul voyage d'Aranjuez, en les faisant passer devant des batteries chargées à mitrailles, et je me suis aperçu en 1792 et 1793 que ce projet avait été assez fidèlement exécuté à l'entour de ses résidences. »

Du reste, l'abandon des voyages à Saint-Ildefonse pendant trois ans, par suite de l'aversion de Marie-Louise pour ce séjour, est un fait connu de tout le monde en Espagne. Beaucoup de Français ont pu entendre raconter à Ségovie la relation du repas impromptu que le roi fit sous les murs de la ville, de la manière décrite au chapitre III. On porte au nombre de treize les cho-

NOTE.

rizos qu'il y mangea. En général on s'entretient encore
avec étonnement dans Madrid du prodigieux appétit de
ce prince; on l'attribuait autant à l'habitude d'un exercice violent et continuel qu'à l'usage de l'eau glacée.

Ceux qui ont habité la partie de l'Espagne où l'auteur
a placé les scènes principales de ce drame rendront
justice à la vérité de ses peintures; ils conviendront que,
bons ou mauvais, tous ces tableaux de mœurs et de localités sont copiés d'après nature.

ERRATA.

P. 22 L. 23 — brodé de franges — lisez · bordé de franges
66   4 — ses mais — lisez : ses amis
72   10 — Mariqueta — lisez : Mariquita
79   8 — imprime en — lisez : imprime à
85   9 — condition — lisez : condition
125   6 — s'enquiz — lisez : s'enquit
172   13 — sur sa simple — lisez : sur la simple
ibid.   — se repaissai tavec — lisez : se repaissait avec
180   23 — chez 'alcade — lisez : chez l'alcade.

TABLE DES CHAPITRES

CONTENUS DANS CE VOLUME.

⊳•⊲

FIN DE LA TABLE DU PREMIER VOLUME.

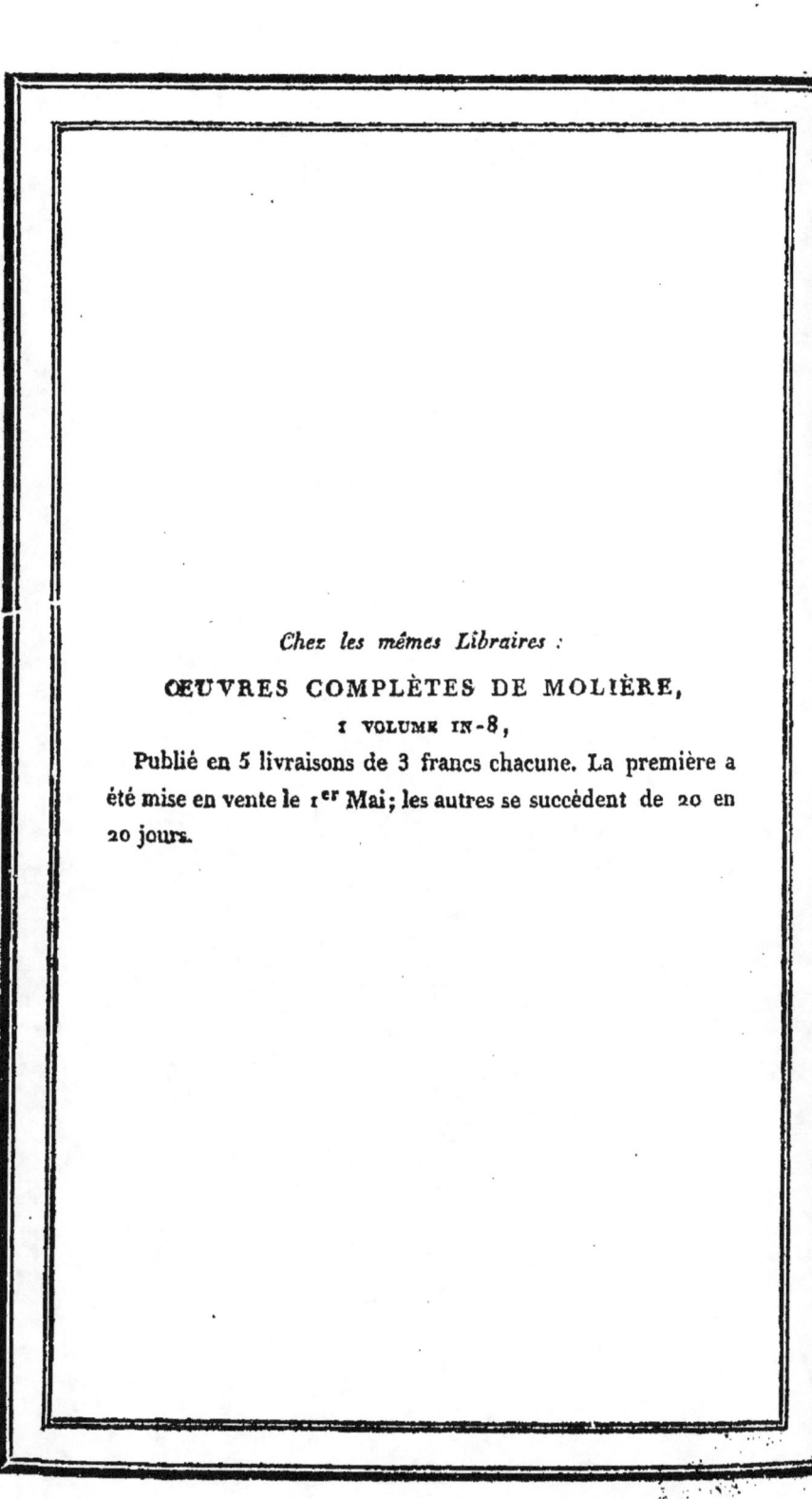